続 家族のあしあと

椎名 誠

JN030033

集英社文庫

続　家族のあしあと　目次

挿絵　沢野ひとし

続　家族のあしあと

ニワトリの三つのタマゴ

　海の近くの町は朝が早い。　半農半漁の家が多いので、仕事の性格上、なにもかも早く動きだしてしまうのだろう。

　早朝起きだしてそそくさと畑仕事に行く者、海での仕事に出ていく者、家のまわりの掃除を始める者。その家の事情によって様々だったけれど、その人たちよりももっと早くに起きていてそういう働き者を期待を持ってじっと待っているのは例外なく犬やネコであった。いやそれよりもずっと前に「みんなとっとと起きろ起きろ」と大声で促しているのは、町のあちこちで飼われているニワトリたちのけたたましい鳴き声だった。

　その夏の初めの頃にぼくの家もニワトリを飼いだした。

　海の漁師小屋に戻ってきたつぐも叔父（おじ）がつがいのニワトリをドンゴロスの袋に入れ、自転車の荷台箱にくくりつけて持ってきた。

　ニワトリを飼う、ということは母とつぐも叔父のあいだでとうに話ができていたらし

く、数日前に、まず最初につぐも叔父が家の裏手に置いてあるありあわせの廃材を使っ
て器用に、しかしたいへんに質素なニワトリ小屋をこしらえた。当然のようにぼくもそ
の手伝いをしたが、つぐも叔父はいつのまにか本職の大工さんのような腕になっていた。

また漁師小屋に住むようになったつぐも叔父は、その浜でやはり同じような生活をし
ている人に出会って漁師小屋住まいの先輩としてなにかと世話をしたりしているうち
に、こんどは「みかえり」のようにその人から本格的な大工仕事の技術を教えてもらっ
ていたらしい。

家の板壁を小屋の背に利用して、まずはそこに小屋の輪郭を木枠で作り、次にありあ
わせの廃材を何本か斜めにたてかけ、横長の三角形の骨格を作る。頑丈にするために最
初の骨格となるそれらの角材はいくつかの「すじかい」によってよりしっかり固定され
ていくのが、以前のつぐも叔父の技術からすると、ずっと高度になっている。

それから高さの違う棒を二段にして左右いっぱいに打ちつける。

「ニワトリがひまんときにこん（この）横の棒にとまってコケコッコーと鳴きやすくす
るための大事なものじゃけん」

淀みなくそういう仕事をしながらつぐも叔父はその作業を全身で楽しんでいるように
見えた。ぼくはつぐも叔父に言われるままになんでもすぐ動けるように油断なく構え、

いろんな手伝いをしていた。

そのまわりを当然のように犬のジョンとネコのハチが「なんですか？ なんですか？」というように遠巻きに見物している。

一番難しいのはその変形三角形の小屋全体にまんべんなくカナアミを張っていくことだった。カナアミは二メートルほどの長さごとに丸められており、それを効率よく全体に張っていく。ひとまきのそれをぐるっと全体に張りつけていければ話は簡単なのだが、そうそううまくはいかない。平面の面積にあわせて金切り鋏でうまい具合に切っていかねばならなかった。

はじめてのことだから、最初はちょっと戸惑ったがやがてつぐも叔父との連繋作業のリズムがあい、さして誤差のない寸法で小屋に張りつけていけるようになった。

難しいのはその三角形の小屋の横位置に餌を入れたりニワトリを出入りさせる、やはり網戸式の出入口を作ることだった。

蝶つがいの代用としてありあわせの革の切れ端を使うことになった。そうすれば金物の蝶つがいよりも中にいるニワトリに安全らしかった。

あまり休み時間などとらなかったのでどんどん作業は進み、かなり自慢できそうなニワトリ小屋がじきに完成した。最後の作業はてっぺんに波形トタンの屋根をつけること

だった。

犬のジョンもネコのハチも相変わらず「なんですか？　なんですか？」という好奇心を剥き出しにして眺め続けていたが、たぶんかれらはまるでよくわからないまま、その日の午前中の「大作業」をやや用心深くも一部始終見物し、それなりに満足しているようだった。　驚いたのは、翌日の早朝、早くもけたたましくカン高い声でニワトリがコケコッコー！　と何度も鳴きさけんでいたことだった。

当然ながら我が家の全員はみんな起きてしまった。といっても今は父も姉もいないし、すぐ上の次兄のタカシはどこで暮らしているのかこのところ殆ど音沙汰がない。だからそのにわかな鳴き声にびっくりして起きたのは母と長兄の文彦（ふみひこ）とぼくと弟の裕（ひろし）だった。

ニワトリはそんなふうに一度「朝ですよー」というように大声の挨拶をするとあとはおとなしくしているものかと思ったら、それをかわきりにかなり正確な間隔でもって鳴き続けるのだった。

八月はつぐも叔父関係でずいぶんいろいろな変化があった。その最大のものは庭の西側の隅に建てられている四畳半程度の貸家につぐも叔父が引っ越してくることが決まったことだった。貸家は二軒並んでいたが、最初に入居したひとが家賃を滞納して家具か

らなにからすっかり置いたままいなくなってしまったのだ。家具つきであらたに誰かに貸すというわけにもいかず、さりとて家具などを勝手に始末することもできず、曖昧にそのままほうっておくうちに母屋でいらない物を突っ込んでおく物置部屋のようになってしまった。

そこに入れてあるものの中には父が大事にしていた古くて重い本の入った木箱などもあり、それらを母屋からそこに運びこんだことによって母屋のスペースがずいぶんあいた。

そうしてもう一軒のまだちゃんと住める家作のほうにつぐも叔父が越してくることになったのだ。それはぼくなどが知らないうちに母と長兄とつぐも叔父の三人でそうすることに決めたようであった。

なにかと頼もしいつぐも叔父がほぼ実質的に我が家の一員になってくれる、ということは嬉しいニュースだったし、それに加えてつぐも叔父の長男も一緒にやってくることになったのだからますます楽しい気持ちだった。名前は賢三君で、ぼくと同じ歳。これまで何度も会ったことがあるが、つぐも叔父と離縁した母親（つぐも叔父の妻）のこともあって親戚なのにそれほど親しくする間もなくすぐに母親のところに連れ戻されてしまう、という、そっちのほうも複雑な家族関係になっていた。

　賢三君は、四街道というところの母親方の家に母親と二人で暮らしており、経済的には常に困窮しているようだった。

　さしてきっちりした定職につかず殆ど日雇い仕事を続けていたつぐも叔父は妻方の家によりつくこともできず、しかたなく疎遠にしているうちに妻方から離縁の話が本格的になされたらしい。

　つぐも叔父はぼくの母親からは「甲斐性なし」としばしば怒られ、妻方のとくに両親から、そのまま曖昧に生活していてもラチがあかないから別れるように、とさんざん言われていたらしい。

　もっともぼくがそういうつぐも叔父のさまざまな苦境の背景を聞いたのはそれから数年経ってからのことで、その頃はつぐも叔父が賢三君を連れて我が家の庭に移り住んでくる、ということだけで単純に喜んでいたのだった。

　しかもそうした急激な変化が起きたのはぼくの父が亡くなってからのことだった。つぐも叔父は長兄や母とどういう条件で賃貸の相談をしたのか、ということもぼくは知らないままだった。もっともくわしく説明されてもよくはわからなかっただろうけれど。

　せいぜい長くて十日ぐらいの日雇い仕事をあちこちで続けていたつぐも叔父は、たぶん親子ともまったくの居候としてぼくの家の狭い家作に住み着くことになったのだろ

うということは予想できる。そうして父や姉がいなくなってしまったこの家が再び新しい顔ぶれで賑わうことになったのは何はともあれぼくには嬉しい話だった。

賢三君は小柄で痩せていた。それまで何度か会っていたのだが、いつも賢三君の母親が何を用心していたのかその周辺にいて、ぼくたち同世代の子供らが好きなように遊ぶのをじっと監視しているようなところがあった。

つぐも叔父と二人でやってきた賢三君は少し成長した、ということもあったからだろう。それに母親がそばにいない、ということが賢三君の何かを解放していたのか、最初はややぎこちなかったものの、やがていろんな話や遊びに参加してくるようになった。

その頃はぼくの弟、裕も小学一年生になって、いろいろいっぱしの口をきくようになっていたので、ぼくたちの毎日はその夏からいろいろ新しい風景がひろがっていくような気がした。

問題とは言えないまでも、まあちょっとだけつぐも叔父が心配していたことがあった。それは賢三君に軽い吃音があったのだ。ぼくたちはさして気にかけないで普通に賢三君と話をしていたが、何かに驚いたり興奮したりすると吃音があるからなのかは判然とはしないけれど賢三君はまったく黙りこくってしまい、周辺にいる人にいささかの不安と驚きを与えていたらしい。

「二、三歳でいろいろ言葉喋るごとになってしばらくは小さかこつまでうるさく言う子供やったが、あることでいきなりいまのごと不自由になってしもうて……」

そのことについてつぐも叔父はかなり早くにぼくにもわかるような説明をしてくれたことがある。

つぐも叔父一家が住んでいた四街道の家はやはり貸家で、つぐも叔父も賢三君の母親もその頃はときおり舞い込んでくる日雇い仕事にそれぞれでかけていたらしい。賢三君が小学校低学年の頃だった。

日雇い仕事は夫婦別々のことが多かったから両親の一方が残っているようにしていたが、あるとき両親が朝から仕事に出るときがあった。その頃、彼らの住んでいる家には電気がなく、夜は石油ランプの下で暮らしていた。そのほかにもローソクを使っていたが、危ないので両親は賢三君にはランプはもちろんローソクやマッチも与えないようにしていた。

その日は、偶然、両親の日雇い仕事が長引いてしまった。暗くなる前に互いにどちらかが早く帰るだろう、と思っていたがそうはいかなかった。彼らの住んでいた家は湿った木立に隣接していて夕方がくるのが普通より早く感じられたそうだ。

幼いながらも賢三君は台所の引き出しなどあれこれあけて、やがてローソクとマッチを探しだした。部屋の中は暗く、つぐも叔父が言うには大人でも一人でいると気の滅入

るような家だったという。

賢三君は押し入れの中にもぐり込むとローソクの灯も明るく感じるのを知っていた。そのあかりの中で本を読んでいるうちに賢三君はついつい居眠りをしてしまったらしい。ローソクの灯が布団などに燃えうつり煙をあげだした頃に、運よくつぐも叔父が帰ってきたのだった。

賢三君は多少呼吸器系を損傷したらしいが、さしたる火傷もせずに救出された。でもその貸家は全焼したのだった。

「賢三の口のあけかたやら喋りかたが変わってしもうたのは、こん事件があってからたい」

つぐも叔父の恐ろしい話はそこまでだった。賢三君は目がくりっとして顎が少しとんがり、ぼっちゃん刈りとも違うオカッパ頭のような髪型をしていた。それはサカサマにするとドングリか椎の実のヘタのように見えた。

ぼくは賢三君の吃音とそのオカッパ頭が気になり、学校ではなんでもヒトと変わった風体だとたちまち「いじめ」のような対象になるから、少なくとも坊主頭にしておいたほうがいいよ、とつぐも叔父に言った。つぐも叔父は「そうか、転校生だといろいろ目につくんだろうな」とすぐに理解を示し、賢三君に床屋に行って坊主頭に刈り込んでこい

よ、と言った。でも驚いたことに賢三君は首を横に振った。かなり真剣な顔の拒否だった。

「なんでとうちゃんの言うことが聞けんとや」

つぐも叔父は少しびっくりした顔になっていた。でもそれ以上強引に同じことを言うようなことはしなかった。

ニワトリは当初聞いていたつがいの二羽だけでなく、間もなくもう一組の雄と雌が追加された。つぐも叔父は、日雇い仕事に出ているときにもうじき閉鎖する養鶏場の経営者から貰ってきたものだと言った。二種類いて、いろんな野生の色彩がまじったような小柄なニワトリはびっくりするほど威勢がよかった。

「チャボかと思うとったらそげんじゃなく、そんなことならこげんな小屋に入れんで庭に放しとったほうがよっぽど殻の固いタマゴをよく産むけん」

ニワトリの餌の世話は、思っていたとおりぼくの役になった。飼料屋にはニワトリだけじゃなくほかの観賞用の鳥だとかウサギやウズラなどの餌も売っていて、ぼくはそこから五キロのフスマを買ってくる。ときどきオカラも追加した。それに自分でとってきた野の草や餌屋におしえてもらったでんぷん粉や屑麦などをまぜる。これをつぐも叔父

がトタンで作った底がVの字の形をした細長い餌箱に入れ、その隣にある華道のときに使う古らしい半分壊れた平皿に水を入れる。　餌を入れると四羽はいっせいにとびついてきてガツガツ音をさせてそれらを食べた。

なぜかこのニワトリの餌やりにジョンはあまり関心を見せず、ネコのハチのほうが興味を持っていたようだ。といってもいつもぼくの隣に半腰になってこわごわ見ている程度だったが。

「これであと二週間もすりゃ、よかタマゴが並んどるばい」

その様子をときおり別の方向から見ているつぐも叔父が確信に満ちた声で言った。

つぐも叔父が同居するようになったもうひとつ大きな目的は、母がひそかに考えていた自活のための作戦だということがやがてわかってきた。父のところに来る前に母が日本舞踊をやっていた、ということは母のアルバムなどを見て知っていたが、父の死後、自活するための道として、誰も想像もしなかった大層な作戦を企てていたのだった。

「日本舞踊の教室をひらくことにするわ」

あるとき母は相談というよりも報告、という感じで長兄にそう言ったのだ。もとより今のこの家では兄よりも母のほうがなにかのときの決定権を握っていた。しかしそれは命令するといったようなものではなく、あくまでも性格のおとなしい長兄の人柄も関係

していたのだろう。

母はその家で一番大きい客間と、それに隣接した寝室をつかって十二畳ほどの細長い部屋の間取りをおおざっぱな図に描いた。二つの部屋をひとつにつなげたのだ。寝室は父がよく臥せっていた部屋で、次兄のタカシの使っていた部屋でもあった。客間はもともと畳敷きだったからそれの畳表を全部新しいものに替えた。

寝室は畳を捨ててあらたに頑丈な石と木の土台を敷いて檜板をいちめんに張りめぐらせた。それらの改築費用は母にのこされた僅かな遺産から捻出したのだろう。その頃のことはいたずらに質問もしなかったし、もともとぼくにはさして興味はなかった。底を頑丈にしたあとは檜を削って丁寧に敷いていくことになるらしい。そのこまかい作業はつぐも叔父が一人で全部やることになった。海辺の小屋にいる頃、本格的な大工仕事を習った成果をそんなふうに発揮できるのが嬉しくてたまらないようだった。

賢三君が加わり、弟の裕がけっこういっぱしにぼくたちの行動についてこられるようになったので、夏休みはその三人でまだカンカン照りになる前や、夕方近くのジョンの散歩のときなど普通よりも遠くに行くようになった。海のほうに行くと潮干狩りや海水浴客で大袈裟に言えば海が見えないくらいの人だらけになるので、ぼくたちは町の裏手

の湿原とそのほぼ真ん中を流れる浜田川のほうに行った。

賢三君は小柄だったけれど暑さとか喉の渇きなどに我慢強く、知らない場所にぼくたちと遊びに行けるのが楽しくて仕方がないようだった。

そこは湿原と呼んでいたが本当は休耕田で、葦や浮き草などが生え放題になっているだけだった。そのため水棲昆虫やドジョウやカンニョッコ（ウナギの稚魚）、アオタ、アカタと呼ぶザリガニなどがたくさんいて、それを狙って脚が長く嘴のとがった鳥がいつも何種類もそのあたりに群れていた。

ぼくたちはスルメとかニボシを持っていってタコ糸にそれをしばり竹棒の先に結びつけてやるザリガニ釣りが一番の目的だった。

「あっ、ザ、ザリガニ。つっ、釣った」

賢三君は生まれてはじめてのザリガニ釣りだと言って興奮していた。顔が直射日光の下で輝いていた。聞いてみると賢三君が暮らしていたところは小山の近くにあって川はだいぶ遠くに行かないと見ることができない、という。そうして学校まで一人で行くのだけれど歩いて三十分はかかったという。

学校の生徒は六学年全部合わせて五十人、というからもしかしたら山の分校のようなところだったのかもしれない。

だからぼくは、九月になると行くことになる小学校は千人ぐらい生徒がいるんだよ、と驚かすように言った。

学校は家からは歩いて十分で、学校のまわりにも遊べる場所がたくさんあることを少々自慢げに話したりした。

夏は楽しいことも悲しいこともまぜこぜになってやってくるようだ。毎日ニワトリのけたたましい鳴き声で早起きさせられながら夏休みを過ごしているうちにいきなり訃報が入った。

母の姉、柏崎の伯母さんが入院先の病院で亡くなったのだという。昨年伯父さんと一緒にぼくの家にやってきたとき、柏崎の伯母さんはお地蔵さんのような涎かけをして、片手で持った小さな椀を口の下にあてがい、殆ど何もできず話をすることもできなかった。伯父さんが言うことには薬害らしいのだが、ずっと涎がとまらない症状になってしまったという。でもそれを立証することができないので補償もされずにいる、という。

柏崎の伯母さんが元気なときに一度新潟のその家に行ったことがある。伯父さんが郵便局長をしているのでああそこそこの生活をしており、ぼくと母親の訪問をこころよく迎えてくれた。その家は海岸の近くにあり、少し横道を歩いていくと、角を曲がったと

ころでいきなり白い花火がはじけるような大きな飛沫があがり、少し遅れて波濤が崖の
ようなところにぶちあたり腹に轟くような音が聞こえて怖かった。それが、ぼくがはじ
めて日本海を見たときでもあった。

そのとき母はどんな用件で姉のところに行き、どうしてぼくを一緒に連れていったの
か、ということはまるでわからない。

波濤が押し寄せた後に枕ほどもある茶色い物体が大量に落ちるのを見た。海から帰っ
てきて伯父さんに聞いたら「それはクジラの肉なんだよ」と教えてくれた。しかしどう
してそこにそんなに沢山のクジラの肉が散らばって落ちていたのかは聞けなかった。そ
してそれはわかったとしてもただそれだけの話で永遠の謎になってしまうものだ。子供
の頃には本当に毎日いろんな疑問に出会う。でもたいていその殆どは一生わからずじま
いで終わってしまうような気がした。

葬儀には母とつぐも叔父が行くことになった。賢三君もぼくたちも留守番になるが、
つぐも叔父がいいことを思いついた。わずか二日の旅行なのでその日はつぐも叔父の家
に子供たち三人が泊まればいい、という名案なのだった。

親から離れて子供たちだけで庭の中の小さな家に一泊する、というのはなかなかここ
ろ躍る話だった。そういう段取りをつけて母とつぐも叔父はその日の夜行列車で新潟に

むかった。

その日の夕ごはんは母親がにぎりめしを作ってくれていた。それに具沢山の味噌汁だった。二日目は近所に住む母親の知り合いのおばさんが何か作ってくれることになっていた。

長兄は夕ごはんの時間になってもまだ戻らず、子供たちだけの夕食になって、それもまた不思議にこころ躍る時間となった。

夕ごはんがすむと家の中は子供たちだけになった。誰もいない広い客間でしばらく方針もルールもない遊びをした。不思議なことにジョンがその日は子供たちしかいないということを知っているようで縁の下から庭まで走り出てきてときおり意味ありげに吠えた。一緒に遊んでやりたかったが家の中までジョンをあげることはできなかった。

長兄が帰宅したところでぼくたちはつぐも叔父の小さな家に移動した。葬儀のために母とつぐも叔父が夜行で柏崎に行ったことを長兄はすでに知っていた。母が長兄の事務所に電話していたのだろう。

つぐも叔父の小さな家に行ってもあんまり遅くまで起きているんじゃないぞ、と長兄はぼくたちに言った。

つぐも叔父の部屋はまだ荷物がキチンと片づいておらず、布団が部屋の真ん中にたた

まれていた。三人で話しあい、それらの布団で要塞のようにまわりを取り囲み、自分た
ちは畳の上にじかに寝る、というふうにした。なんとなく狭い部屋にちぢこまって寝る、
というのがぼくは好きだ。

ぼくたちが母屋から出たのと同時にジョンがまとわりついてきたので、入り口のあが
りかまちのところまではジョンを入れてやろう、ということになった。

「ジョンはぼくたちの番兵だ」

ぼくが言うと賢三君がまったく楽しそうに笑った。部屋にはけっこう蚊がとびかって
いて、鴨居のところに完全に四方を網で囲った蚊取り線香が二つブラさがっていた。
賢三君のむかしのローソク火災事件以来、つぐも叔父はハダカ火にはとにかく用心深
くなっていた。

「ああっ、き、きょう面白かった」

賢三君が言った。

「今日、何やったんだっけ」

「て、手伝い」

そうだった。つぐも叔父に言われてぼくと賢三君とで檜板を乾いた雑巾で隅から隅ま
で丁寧に拭く仕事をしていたのだ。

「そ、それと、お、大きい部屋で遊んだこと」

家具のおいていない八畳の部屋は三人で走り回ってもけっこう広かった。走り回るだけで何をする、ということでもなかったのだけれど。

「ぼ、ぼくが、い、いままで見た部屋でいちばん、お、大きい部屋だった」

「あのとき廊下の先からジョンがうらやましそうに見てた」

裕が言った。自分の名を呼ばれてジョンの片耳がピクッと動くのを見た。

「このうちで一番せまい部屋はどこかな」

「に、ニワトリ小屋」

賢三君がすぐに答え、ぼくたちは三人で笑った。

翌日も早朝からニワトリの声で起こされた。でもしばらく聞いていると眠気のほうが勝ってきてそのけたたましい鳴き声のなかでも眠ることができた。部屋の中にも便所はあったが小便をしたくなってまた空気のひやりとする外に出た。急づくりの安普請だから外でやったほうが気持ちがいい。

餌や水がどのくらい残っているか見に、そのままニワトリ小屋に行った。人間が近づいていくと四羽はそれぞれにいろんな反応をしめす。

何かを要求（餌に決まっていたが）するようにとまり木に何度も飛び乗ってケコケコ鳴く一番うるさい奴はこの頃見分けがつくようになった。そうしてその日、ぼくは素晴らしいものを発見した。つぐも叔父が作ってくれた壊れたお盆の上の藁屑の中に真っ白に輝いているタマゴを発見したのだ。

ぼくの家にやってきて彼らがはじめて産んだタマゴであった。三個産みおとされていた。二つは白く、一つは少し赤っぽい色がついていた。ぼくはつぐも叔父の家の中であっちこっち向いて眠りこけている二人に「おーい。みんな起きろ。ニワトリがタマゴを産んだぞー」と大きな声で言った。

みんなその事態がいつ起きるか気にしていただけに、いつも寝起きの悪い弟までもすぐに起きて目をこすりながらニワトリ小屋へ見にいった。「わあ、本当だ！」裕が素直に喜んでいる。ぼくと一緒に餌づくりを毎日やっていた賢三君も、

「わ、ほ、本当だ。できたての、た、タマゴだ、ぼくたちが作った、た、タマゴだ」

「違うよ、ここのニワトリが産んだんだよ」裕が生意気なことを言っている。

さっそくぼくがその三つのおそらく産みたてらしいタマゴを慎重に取り出した。まだみんなほんわり温かい。ニワトリたちがその様子をみんなして片目で用心深く見ているような気がした。

どいつが産んだものなのかはまるでわからないが「みんなよくやった」とぼくは言った。

それから「さて、この初のタマゴをどうしようか?」と二人に聞いた。

こういうときつぐも叔父がいれば一番いい方法がわかるのだが。

すると裕が、

「最初のタマゴだから仏さまにあげればいいんじゃない」

なかなかまっとうなことを言った。

「そ、そうだ。それが、い、一番いい、と思う」賢三君が言った。

三人で居間にある仏壇にその三つのタマゴをドンブリに入れてお供えにした。なんとなくみんなで手をあわせる。

そういう一連のぼくらなりの厳粛な行いも知らずにニワトリたちは庭の餌を求めて鳴きさけんでいる。

「タマゴあげたんだから早く朝ごはんをちょうだいと言ってるんだ」裕が言い、みんなで笑った。

鉄塔登り

柏崎の伯母の葬儀もすみ、あらたに我が家に定着して住むようになったつぐも叔父とその長男、賢三君の準家族のような存在は、ぼくの気持ちの奥をなんだかモカモカ奮いたたせてくれるような気がした。

その、なんとも説明の難しい気持ちを一番理解しているのは、もしかすると犬のジョンではないかと思った。賢三君の住んでいる庭の家作の敷居は、地面から十五センチぐらいの土台の上に作った安普請であったから、縁の下をねぐらにしているジョンからすると、そこは何時行っても自分とさして視線の差もなく賢三君や、つぐも叔父と顔をあわせられる。ジョンからしたら〝なかま〟ができたという気分かもしれなかったからだ。

しかも賢三君は動物や虫など何にたいしても優しく、ジョンにはたぶんそういう気持ちはすぐにわかる筈だからぼくとはちょっと違うところで、ジョンはジョンでモカモカ嬉しい気持ちになっているような気がした。

でも夕食のときはつぐも叔父も賢三君も母屋の食堂にきてしまうから、ジョンは今ま

でのように自分のねどこに行ってぼんやりしていなければならない。

つぐも叔父の帰宅時間は一定していなかった。海岸の埋め立て工事の規模が拡大し、

そのための働き手を常に募集していたから、親子でぼくの家に越してきたときからつぐ

も叔父はその工事関連の仕事に就いていた。

つぐも叔父の説明によると、ああいう工事はいくつもの請け負い業者が加わっており、

それぞれ工事の場所は分断されているが、土地の性質や工作機械が使えるかどうかで進

行状況がそれぞれ異なり、自分のところの工区の仕事が終わっても、隣接する他の工区、

たとえば大きな排水用のパイプを接続させるのにちょっとでも食い違いがあってはなら

ないから、そういう他の工務店の作業としっかり繋がるのを確認してからでないと、そ

の日の工事終了とはならなかったらしい。

多くの工事作業員はそれが済むとプレハブづくりの宿舎が沢山ある区画に行ってまず

は風呂に入り、それから大勢の食事になる。

でもつぐも叔父はぼくの家から通っているので、その日の仕事が終われば風呂の順番

を待たなくていいし、食事もあらかじめ作ってある冷たいおかずを皆で競いあうように

して食べなくてもいいから、なんぼかシアワセなのだ、と自分でよく言っていた。

でも実際にはつぐも叔父は帰宅しても最初に風呂に入る、ということはしなかった。その日によって様々だが体の汚れ具合が尋常ではないから、帰宅すると外の水でまず顔や手足を洗い、体を拭いてそれから食卓につく、ということを頑（かたくな）に守っていた。

つぐも叔父親子のおかげでぼくの家の食卓の風景はまたいくらか賑（にぎ）やかになった。でも父が亡くなったあと長兄の仕事は相当に忙しくなったようで、帰宅もたいがい十時すぎになっていたから長兄は東京の事務所の近くの食堂で夕食を済ませるか、そうでないときは帰宅して遅い食事をするか、のどちらかだった。遅い時間の食事でも母親が世話をしていたから、いつの間にか我が家で一番寂しい食事をすることになってしまったのだった。長兄の身になればいつも長兄が一人で冷たいごはんを食べる、ということはなかったが、長兄のひとつだけホッとするのは、いかに遅い帰宅でも、ジョンだけはいち早く気がついて長兄のお迎えに走り出ていることのような気がした。

居候をしている身だからか、つぐも叔父もまだ起きているときは寝巻姿のまま長兄のところに挨拶に行っていたようだが、昼間の肉体労働で疲れているのだから、そのような気づかいはしなくていいですよ、と長兄は何度も言い、その習慣は次第になくなっていったようだった。ただそれはかなり経ってから母に聞いた話で、ぼくも弟の裕も、おそらく息子の賢三君も知らなかったことだろう。

ニワトリは毎朝確実にタマゴを産んでいた。白いごく普通の大きさのが二つ。それよりひと回り小さくて少し茶色がかったのが二つ三つ。それをとりに行く係をぼくと賢三君と弟の裕で分担しよう、と決めたのだけれど結果的には毎朝三人で回収しに行くことになっていた。タマゴは新鮮このうえないから、朝ごはんのまず一杯目に「生タマゴかけ」で食べるのがぼくたち子供三人の最大のヨロコビになっていた。つぐも叔父はそれよりも早く朝食をすませて工事現場に行くので、母はつぐも叔父に持たせる弁当を作る係だった。そこで前の日に残ったタマゴを使ってなにかおかずを作ろうとすると、「いや、そりゃ弁当にゃもったいないな、別ん料理に使わんね。おいは漬けもんがようけ並んどるほうが好きやけん」などと言ってなかなか口にしなかった。

長かったのか短かったのかよくわからないうちにヨロコビの夏休みが終わった。そしていきなり学校の給食が始まった。給食になるのは春からだと聞いていたのに、いっこうにその気配がないので中止になったのかと思っていたけれど、そっくり一学期分、その準備が遅れていたらしい。

三年生以上は生徒の給食係が決められ、低学年生は給食係の大人が世話をしてくれた。

給食が始まるとその費用の一部を各家庭が払わねばならないので、父兄たちのあいだでちょっとした論議があったらしいけれど、何か大人たちのあいだでの調整があったらしく、家庭の負担をさらに低くすることで話はまとまったようだった。

生徒からみると学校給食で、みんな同じものを食べる、というのは全員が平等になったわけで素晴らしい変化だった。

それまでは各自が家で作った弁当を持ってきていたのだが、みんな自分の弁当のおかずが貧弱で恥ずかしい、という気持ちがあって、アルマイト（アルミニウムの合金）の弁当箱を使っている生徒はその蓋を横にたて、包んできた新聞紙で弁当箱のまわりを要塞のようにかこみ、弁当の内容を見せなくする、というおかしな食べ方をしていた。

タマゴがらみの例でいうと、ぼくの隣の席にいた茂君の家は養鶏場なのでタマゴがありあまるほどある。だから茂君の弁当は、毎日弁当箱のごはんの上いっぱいに炒りタマゴがのっていてとてもきれいだしおいしそうだった。

でも茂君は毎日同じおかずなのが恥ずかしいらしく、いつも頑に弁当箱全体を新聞紙の砦を作って隠して食べていた。ぼくなどは茂君のタマゴだらけの弁当がいつも羨ましかったけれど、小学生ぐらいでは弁当を半分ずつとりかえっこしよう、などという交渉はとてもできなかった。

とりかえようとするぼくの弁当も、竹輪の煮つけだとかキンピラゴボウだとか福神漬けなんていうのが殆どだったから、そもそも交換に値しないだろうと思っていた。

前の日に家でカレーを食べた生徒は弁当のおかずもカレーのことが多かった。

昼になるとカレーの臭いが教室のなかにプーンと流れてきて羨ましかったけれど、アルマイトの弁当箱だとどうしてもカレーの一部が浅い蓋から外に流れ出てしまうので弁当箱を包んできた新聞紙のいろんなところが黄色く染まり、あまりウツクシイとは言えなかった。本人もそれを知っているからやはり新聞紙でまわりをガードして食べていた。

給食になるとそういう問題がいっぺんに解決する筈だった。各クラスで順番に給食係というチームができて、給食の時間になると、夏のあいだに内装を大きくかえた家庭科の部屋に、市から派遣されたエプロン姿のおばさんたちがきて、クラスごとにその日の料理をわりふっていた。

給食の食器はやはりアルマイトでできていて、どんな献立でも皿とカップの二組だった。

主食は殆どパンで、そこに根野菜の煮つけとかなにかの魚のフライ、はじめて見る芋サラダのようなものがのっていた。アルマイトのカップにはシチューや、名前のわからない野菜のまじったスープなどが出てきて、そのほかに各自持ってきているコップには

ミルクを入れてくれた。でもそれは牛乳とはかなり違った味で底のほうにザラザラしている黒っぽい粉のようなものが残る。それは牛乳とは質の違う脱脂粉乳だということを知った。誰かが「戦争に勝ったアメリカの残りかすだあ」と大きな声で言った。

皿とカップのものはおかわりできないが、そのミルクはおかわりすることができた。これはまずくていやだ、という生徒が一クラスに必ず何人かいたので余ることが多かったからだった。ぼくはおいしい、と思ったので必ずおかわりした。

このような給食になるとみんなが食べているものは同じだから、新聞紙で隠す必要がなくなり昼食はけっこう楽しいものになった。

ちょっと心配していたけれど、一年生の裕は同じぐらいの豆ツブみたいな友達と昼休みなど校庭で遊んでいるのをよく見かけた。でも顔を合わせても何か言葉をかわすということもなく、むしろ裕はちょっと恥ずかしそうに他人のようにしているのが不思議だった。

その頃、学年を問わずみんなよくやっていたのは、小さな石を十個ぐらい砂の上において、それを摑んで空中に放りなげ、落ちてくる石を手の甲で何個とれるか、という遊びで、三〜八回ぐらいやって、その積算で勝ち負けを決める遊びだった。よく見ている裕たち一年生は何度もやると足し算を間違えるので、たいてい一回勝負を繰り返して

いるのがおかしかった。海岸の砂を持ってきて作った校庭なのでそういう遊びができたのだ。

つぐも叔父は埋め立て工事が休みの日曜日は母の「踊り舞台」づくりをやっていた。造作そのものは簡単なのでもう大体出来上がっていたが、檜（ひのき）づくりの床が場所によっていろいろに軋むのをなんとかしてほしい、と母はつぐも叔父に注文をつけていたようだった。

もともと普通の客間として使う部屋の土台だったから、家そのものはまだ新しいわりには全体を淀（よど）みなくまったく平らにするのは難しいらしく、どこか一カ所が軋まなくなってもそれによって別のどこかがキシキシいう、という具合で「姉さん、これば全部ちゃんとするならまた全部、床板ば、はがして土台からやらにゃ無理ばい」と、珍しく弱音をはいていた。

母はようやく納得し、あとは電灯の位置を真ん中のをやめて左右に二つにわけてほしい、と頼んでいた。それなどは電気屋の仕事そのものだったが、つぐも叔父は電線と碍（がい）子を買ってきて器用に母の満足するように工作していた。社交家の母は、別の何人かの人に頼んで安い費用でレコードをかけられる大きな電気仕様の箱を運んできた。電蓄（デンチク）と

縮めて言っていたが、正確には電気蓄音機というのだった。踊りのときに使うものだっ

たからぼくたちは触れない。

いろいろな人に頼んでいた口利きのおかげで、母のにわか日本舞踊教室の準備はそん

なふうにして着々と進んでいった。

それと同時に季節も順序ただしく変わっていった。季節の進んだのとは必ずしも関係

ないのだろうが、ある日曜日にネコのハチがいつも自分の席と決めている庭のせんだん

の木の少し高い切り株のところから、二メートルはある最初の横枝まで登ったのもその

頃だった。

ハチはその思いがけない成果をみんなに知らせようとしたのか、あるいは自分で降り

られなくなって助けを呼んでいたのか、いつもよりかなり大きな声で鳴いて、自分の位

置を知らせていた。ぼくはびっくりして弟や賢三君を呼んだ。

「おーい、ハチがせんだんの木に登ったぞう」

その声を聞いて部屋で休んでいたつぐも叔父も出てきた。

「オッ、ハチもオトナになったったいね」

そう言って褒めていたが、ハチの様子が少しおかしい。高い木の股のところで背中を

まるめて四肢の爪をたてているのが見える。

「そっか、そっか、あすこまで上がって大成功したとはよかばってん、じょうずに降りられんごつなっとるとよ」

つぐも叔父はそう言って家の裏から、やはりつぐも叔父が余分な木で作った梯子を持ってくると、まだひゃあひゃあ鳴いているハチのところまで梯子をかけ、ゆっくり登って両手で慎重にハチを下ろしてやった。

「今度ははじめてやったけん、上がったはよかけど、恐ろしゅうなって、助けてくれちゅうてきちょるばってん、一回あれができるごつなると、こいつはまた登って、こんつぎは必死こいて自分で降りてくるやり方を見つけるけん、そんときにゃ褒めてやったらよかとよ」

つぐも叔父によって途中まで下ろされたハチは地面につくとつむじ風のようになってどこかへ走っていってしまった。

この騒ぎをジョンはどこで見ているのかふいに気になって探したら、どういう考えなのか門の内側ギリギリのところに座っているのを発見した。ジョンはジョンでこの事態をどう考えていいかわからなくなっていたようで、ぼくにはなんだかとても面白い出来事だった。

新学期というのはなにかと忙しく、ぼくはしばらく昭一やマサルやカッチンなんかと遊べなかった。しばらく行かないうちに海がどうなったか気になっていたので、空全体が「秋だぞう!」とどなっているようなよく晴れた日に賢三君と連れだってカッチンの家に行った。もうその頃は、ぼくの日頃の遊び仲間みんなと賢三君はすっかり仲よくなっていた。

その足でマサルのところに行くと、マサルは普段と違うおかしな着せ替え人形のような恰好をして困ったような顔をして出てきた。聞けば、その日は母親に連れられて一家で墓参りに出掛けるのだという。場所は東京の千住というところだと言っていた。

それではとめてはいけないから「じゃ今度な」と言ってすばやく去ったけれどマサルはつまらないなあ、という顔のままだった。

昭一の家はちょっと遠いので、とりあえず駅のほうに行くことにした。

驚いたことにもうとうに潮干狩りの季節は終わっているのに、駅から海にむかう中央通りはいましがた電車から降りてきたらしい人々で賑わっていた。秋のはじめといってもまだアサリやハマグリ、マテ貝などがとれる。

河口に行けばハゼ釣りにはもってこいの日だった。でも急に思いついて海に行こう、と言いだしたので、こんなに観光客がいるとは思いもしなかった。これでは浜も人だら

けだろう、ということがわかったので「かばんしょ」に行ってみることにした。

かばんしょというのは地元の消防団の人たちが暇になると寄り集まっているところで、子供たちもその中に入ってよかった。だからもしかすると昭一やそのまわりの友達がいるかもしれない、という期待を持ったのだ。

でもかばんしょには誰もいなかった。ここは平日の月曜日と金曜日にソロバン塾があって、ぼくたちの学校の生徒も何人かかよっていたから通りかかるたびに覗いてみることにしていた。カギなどまったくかかっていなかったので、日によると地元の消防団員の自然発生的な寄り合い酒があったり将棋大会などがひらかれていた。昼間から誰かが酔っぱらって一人で寝ていて大イビキをかいていたりしていることもあったが、誰も気にしておらずなにかと自由だった。

その建物の横にちょっとした火の見やぐらの鉄塔があって垂直の鉄の梯子がついており、一番上は監視台だった。

「そうだ。あの火の見やぐらに登ってみないか」

カッチンがいきなり言った。ぼくは前にも何度か登ったことがあるが、下から見るとなんの造作もないような気がするが、上のほうに行くにしたがって尻の穴がムズムズし、いきなりわけのわからない恐怖に襲われる。でもそれとたたかって一番上の平らな見張り台

の上にたどりつくと、周囲の壮大な景色が待っていた。

カッチンはいつも行動が早く、すぐに鉄塔にとりついていた。一番下の段のところで

ズックの底をこすりつけ土などをきれいに払って、すぐに上へ上へと軽快に登りだした。

「ケンちゃん、ああいうふうにやるといいからよく見ておきなよ」

それを聞いて賢三君はびっくりしたような顔をした。

「えっ、ぼ、ぼくも登るの？」

「だってぼくも登っていくよ」

「ぼ、ぼくにで、できるかな」

「大丈夫。ケンちゃんは身が軽いからすぐに登っていけるよ」

そんな会話をしているうちにカッチンは休むことなくどんどん上のほうに行っていて、

もうじき一番上の監視台にたどりつきそうだった。

「二番目はケンちゃんのほうがいいだろう。ぼくがすぐあとについていって、困ったら

いろいろぼくに聞いたらいい」

さしてぼくに自信があるわけではなかったが、そう言っておくと安心だろうと思った

のだ。予想したとおり賢三君は勇気があった。

さっきカッチンがやったように、一番下の段で靴の底の土をよく払い、両手で鉄梯子

をしっかり摑んで体を持ちあげた。あとは同じことを交互にやっていけばいいだけだ。

「こ、これでいいんだね」

賢三君がすぐ下にいるぼくを見て言った。

「そう。そのとおり。でもこれから先は自分の手元を見て、あまり下やまわりの風景を見ないほうがいいよ。登るときはとにかく自分のことに集中していくんだ」

「そ、そうか。わかった」

ぼくは賢三君のすぐ後ろについて登っていった。ぼくが見込んだように賢三君は身のこなしが軽快で、心配するようなことは何もなかった。でも半分ぐらい登ったところで賢三君はいきなりとまってしまった。以前いつもの仲間と登ったときもひとり途中で「なんだかウンコしたくなっちゃった」と言ってとまってしまったことがあったのを思いだした。

「どうかした?」

ぼくはすぐ後ろから賢三君に聞いた。

「な、なんでもないんだ。じゅ、順調です」

「そのように見えるよ」

賢三君はもう休むことはなく、そのままちゃんと一番上に登りつめた。一番上に行っ

て監視台に這っていくときにやや勇気がいる。でも賢三君は何も問題なく監視台の上に着いた。すぐにぼくも到着し、三人で握手した。

「マナスル登頂おめでとう」

「やったな」

「征服だ」

監視台の上から眺める風景はいつも素晴らしい。その日もよく晴れた秋の空の下でぼくたちの住む町が全部ぐるりと見えた。駅からまっすぐ海にむかっている中央通りにはまだ沢山の人が行き来している。そして海にもアリンコのような人々が動き回っている。少し斜めになっている太陽の光のなかで町全体のどこかしらが少しずつ動いているのが面白かった。

「よ、よかった。上までちゃんと登れて」

賢三君が本当に感動した声で言うのが嬉しかった。

「あ、ほら電車がくるよ。まったくおもちゃみたいだ」

カッチンが言った。駅に入ってくるところだったけれどエンジンやブレーキの音は実際の動きより少し遅れて耳に入ってくるような気がした。駅のアナウンスの声も同じだ。海の音はずっと続いていた。いろんな音がかさなりあって、どれがどの音か区別する

ことはできないが、潮が満ちてきている音だけは区別してわかるような気がした。でもそこから見ると押し寄せてくる海は海水浴とか潮干狩りの客のいるところに到達するにはまだずっと先だった。

そのもっとずっと先のほうには帆を数本つけた「打瀬船」という大きな帆かけ船が二隻見える。

つぐも叔父はむかしあの船に乗って働いていたことがあるんだよ、と賢三君に言うと

「えーと、ど、どれかな。あの大きな帆の船のこと?」驚いたように言った。賢三君にとっては誇らしい気持ちのようだった。

そんなふうにして町のぐるりをみんなして観察し、やがて降りることになった。

「いいかい。賢三君。こういう垂直のハシゴは、登るときよりも降りるときのほうがちょっと怖い気がするんだよ」

カッチンの言うとおりだった。ぼくも以前の体験からその気分はよく覚えている。

「でも怖い気がするのは最初、一番上の段に足をのせるときぐらいで、あとはあわてないでゆっくり同じ調子で降りていけばいいんだ」

「う、うちのハチも、お、降りるとき怖がっていたね」

あっそうか。ぼくたちは今、ネコのハチと同じような気分になっているんだ。

ぼくも賢三君の言葉でそのことを思いだした。

「ハチはおじさんが梯子の途中まで抱いて降りたけれど、半分ぐらいのところから頭を下にして自分で一気に降りてきたもんなあ。ぼくたち人間はとてもあんな降り方はできないぞ」

「ぼくたちは、ネコみたいに、つ、爪が生えていないからね」

賢三君が言った。あのとき賢三君はそんなこまかいところまで観察していたのだ、ということを知ってぼくは少し思いがけないような気がした。

これから降りる、考えただけでも鉄塔登りで一番怖い気持ちになることを前にあまりお喋りしていてはまずい、ということに気がついて、さっきと同じようにカッチンが一番先に降りはじめた。次に賢三君。そうしてぼくの順で、皆だまって神経と力に気持ちを集中させていたようだった。

降りきって、みんなで今かなり気合を入れて降りてきた鉄梯子とその上を見上げた。

「そ、空が走っているように見える」

賢三君が大発見をしたようにそう言った。秋のかなり輪郭のはっきりした雲が動いていて、それだけ注意して見ていると、本当に鉄塔のむこうの空が走っているように見えた。降りるときはみんなそれぞれ緊張していてそんなことに気がつかなかったのだ。

「ハチは頭から降りてきたから爪が生えていても、そのひっかかりが役にたたない方法で降りてきたんだものな。ネコのほうがやっぱり凄いよ」

ぼくと賢三君は鉄塔の上と下で、カッチンにはたぶんまったくわからない会話をしていたので、手みじかにハチの木登り事件のことを説明した。カッチンはしょっちゅうぼくの家にくるから、ハチのことを当然よく知っていた。

「あのときハチはなんであんな高いところに登ったのかなあ」

ぼくは改めて言った。

「ホント。あんなチビネコがよく登ったねえ」

カッチンも驚いている。

「やっぱり征服したいと思ったんだろうね。急に」カッチンが言い、賢三君が「ぼ、ぼくたちと同じだ」と言ってみんなで笑った。

母の大作戦

　母が半年がかりで用意していた「舞踊教室」の具体的な準備がいろいろにすすんでいた。いろいろというのは自宅を改造して、それまでの客間を檜板づくりの「舞台」にすることで、それはもうつぐも叔父が手早くやりおえていた。檜の板は高価なので、まだカンナで削っていないものを購入し、それをつぐも叔父が一枚一枚丁寧に削る、という根気のいる仕事で、しかも昼の土木工事から帰ったあとの仕事だから実に大変そうだったけれど、もともと体の強い人だから心配ないのよ、などと母などは軽く言っていた。でもぼくは普段のつぐも叔父だったら続けて三、四枚削ってしまう筈だろうに、一日に一枚、夕食が終わったあとにやっていたので疲れが蓄積しているのだろうな、とそれを見て考えていた。

　その次に、隣接した和室にある床の間と押し入れを取りのぞいてその場を広げる、といった改造が始まったけれど、それはさすがに本職の大工さんがやっていた。母の知り

合いのかなり年配の大工さんで、一人で毎日コツコツすすめられていた。つぐも叔父は帰宅するとすぐに、毎日どのくらい仕事がすすめられているか見るのを、日課の楽しみのひとつにしているようだった。

そうしたことも含めてぼくが不思議に思っていたのは、我が家は全員でその町に越してきたのだけれど、まるで母親だけが前からその地に住んでいたかのように、あっという間に知り合いを増やしていき、その多くの人と友好関係になっていたことだった。

それと同時にこの町に越してきてまだ間もないうちは、父親もそこそこ元気に仕事をしていた時期があったから、それまでこの町に満足な経理、会計仕事などをしている人などあまりいなかったので、ちょっと大きな町工場の経営者や沿岸漁業の網元みたいな仕事をしている人のなかに、人づてでぼくの父親の経理庶務などのアドバイスを求めてくる人がけっこういて、その筋からも知り合いが増えていった、ということもあったようだった。父親がらみの人との繋がりは、父親がこの町で元気に生きている時間が短かったので、まあまあ僅かな数だったのだろうけれど、母にとってはその後の「知り合い」のひとつとして、有機的に繋がる人脈になっていったようだった。

まあそのへんのことは、ぼくが大人になって当時を思い起こすときに想像しただけの話ではあるけれど。

母のそういう自宅改造の資金は父からの遺産相続金があてられたのだろうが、いつも元気で世間との繋がりを大事にしている母は、そういうお金をもっとも有意義に使ったことになるのだろう。

貯金を切り崩していくのでは確実に尽きてしまうだろうけれど、自分の好きな世界で継続的に収入を得られればそれ以上のことはない。

やがてどこからどういう繋がりで集まってきたのか、二十人ぐらいのおばさんが母の弟子になって毎日、踊りの稽古が始まった。踊りのために使う音楽は、中古のデンチクというものが運びこまれ、それも母が地元の知り合いから安く譲ってもらったのだった。

そんなことのいろいろでぼくの家で一番忙しく、陽気で騒々しいのが母がらみの世界になり、父の仕事を引き継いで相変わらず苦戦している長兄は、早めに帰宅して家に仕事を持って帰っても母の〝一座〟の騒々しさによって、まともな時間をとれなかった筈だ。

おとなしい長兄は、そのために神田にある事務所で遅くまで仕事をするようになり、夕食は事務所の近くの食堂で済ませることがいっそう増え、帰宅してからだと、もっぱら夜中の「冷えごはん」ということになった。そして現場仕事の関係で帰りが遅くなっ

たつぐも叔父も、それと同じ状況になった。

ぼくや弟の裕も、それにつぐも叔父の息子の賢三君などにはあまり影響はなかった。母が忙しいぶん、子供らは基本的に自由放任にされ、母が夕方に慌ただしく作っておいてくれた夕食を子供らだけで食べるのだが、火を使うことは禁じられた。賢三君に幼い頃のトラウマがあることと、実際ぼくたちが火を使って何か料理を作る、などということはとてもできなかったから問題はなかった。それよりも母が作っておいてくれた食べ物を、子供らだけでいろんな話をしながら、しばしばゲラゲラ笑いながら楽しく食べられる、ということができたのが何よりだった。

母のこのあっちこっちの大改造で一番ワリをくったのは、すぐ上の兄のタカシの筈だった。タカシは父がいなくなって以降、どこにどう住んでいるのか以前よりも家に帰らなかったが、それでもたまには帰ってくる。これまでは帰ってきても家族の誰とも殆ど話をせず、狭い自室に閉じこもってしまっていたが、いまは母の踊り舞台大改造でもう自分の閉じこもる小部屋がなくなっていた。

タカシはそのことを母に抗議し、母は詫びながら「生きていくためだから仕方がないのよ」という意味のことを言っていた。でもタカシは母の言うことを最後まで聞かず「チェッ、くだらない家だ」と言って、また出ていってしまった。母親はそれ以上弁解

も慌てもせず、唖然としてそのやりとりを見ていたぼくや裕にもむかってか、そんなつもりもなかったのか「理解してほしいのにね」というようなことを言っていたようだった。ぼくにも兄の言葉の意味がわからなかったし、兄がまた家出同然の恰好で出ていってしまっても母がそんなに慌てずにいたのは、タカシがいま住んでいるところを母が知っているからのようだった。

こんなふうに父が逝ってしまってから、ぼくの家は急スピードでとんでもない変化をとげていったのだが、うまいことにひとりひとり自然にその変化に対応していった様子だった。もちろん「仕方なく」の対応ではあったけれど。

ひとつだけ、縁の下のジョンの本当の気持ちはわからなかった。いつのまにか家に出入りする人が多くなり、その人々もいろんな化粧をしているから、ジョンには異様な臭気でびっくりしていた筈だ。人間の一億倍という嗅覚の持ち主だから、そっちのほうでヘコタレては一大事だった。さらに日頃すごしているジョンの頭の上で賑やかに三味線や太鼓の音が聞こえるのが不思議だったと思う。餌はいままでどおりぼくがあげていたし、散歩もいままでと何も変わらなかった。ジョンは知らない人が来ても、無闇に吠えるということはまずしなかったし、庭の家作の低い土台の上に板の間で建ててある賢三君親子の家に、ぼくと弟が遊びに行くとジョンも同等に戸口から顔を差し入れて、ぼく

たちのいいかげんな遊びにやはりいいかげんに参加できるのが安定して嬉しいくらいだったろう。

庭の真ん中にあるせんだんの木に、そんなに密ではないがそこそこまんべんなく葉がついて、秋になると実が熟した。数本にわかれた枝の先についた二センチぐらいの大きさの黄色い実だった。木の途中の登れるところまで上がっていって、力任せに枝葉をゆするとその実があちこちから落ちてきた。これは三人のうちで一番体の大きなぼくの仕事だった。

せんだんの実は食べられないが、つぐも叔父の話では九州のほうではこの実をこまかく潰して飲むのだそうだ。回虫を駆除することができるという。

ぼくたちは、夏のあいだ竹で作った「豆デッポウ」に、アオキの丸い実を弾丸にしてタタカッていたが、それと同じことを落ちたばかりでまだ固い、このせんだんの実を使ってやってみよう、ということになった。

豆デッポウの作り方は簡単だが、せんだんの実はいくらか細長く、実がまん丸のアオキのようにはいかなかった。ぼくたちが作っていた豆デッポウは、最初にひとつの豆を銃身である竹の筒の先端に差し込んで出口を覆う。それから新しい豆をもう一方の口に

入れて、ちょうどそこに注射の要領で背後から思いきり棒を押し込むと、中の空気が圧縮されて銃身の先端にある豆がうまくいけばイキオイよく押し出されていく、という仕組みだった。でもせんだんの実がまん丸ではないので、銃身の先端につめた豆の隙間から空気が漏れ、先端の実をはじきとばす力にはならないことが多かった。

そんなわけで折角苦心して作った新式銃が、なかなか思うように作動しなかったのでじきに飽きてしまった。

その頃、学校に行ってもあるいは海や川ぞいで遊んでいても、友達同士の最大の話題はテレビだった。まだ家にテレビのある家は殆どなく、みんなテレビを買える金持ちの親がいたらどんなにシアワセだろう、というようなことばかり話していた。

ぼくたちが一番見たいのはプロレスだった。

私鉄の駅の横にある岡田電器店が、ショウウインドウの中にテレビを置いており、外にいる人々にプロレス中継を見せてくれた。

そのテレビはあきらかに店主の手製によるものらしく、ブラウン管をはじめそのまわりにとりつけてあるいろいろ複雑な付属機材や真空管などが、全部剥き出しになっている。

外側からキャビネットで覆われているテレビのブラウン管というのは、必ずしも四角いスクリーンの形をしているわけではない、ということをそのときはじめて知った。剝き出し円形のブラウン管に映像が映ると、なんだか魔法使いになってどこかのナゾの世界を覗いているようで、思わず息をひそめるような不思議なトキメキがあった。

その時間になる前に、ぼくたちはいつもの遊び仲間と電器店のショウウインドウの前に陣取って、八時になるのをいまかいまかと待っていた。

時間が近くなると店の主人が出てきてスイッチを入れる。でも手製によるものなので、今の、スイッチを入れれば間違いなく映るテレビと違って、画面が現れるのにかなり時間がかかる。ときどきそれがうまくいかないこともあったので、ぼくたちは祈るようにして画面が無事に現れますように、と全員のパワーを集めて成功を祈った。

何回かに一回ぐらいの頻度で、画面にいろんな縞筋が現れて不穏に流れ続け、なかなかちゃんとした画像にならないときがあり、これは手に汗を握る事態だった。

でもぼくたちの集団パワーがなにかを動かし（たぶん）やがて最初のコマーシャルあたりでちゃんとした画面になる。

その頃になると、ぼくたちの後ろに近所の常連のプロレス好きのおっさんなんかが集まってきていて、観客はぼくたちを含めて二十人近くになっていた。

そうしてまったく熱い期待のうちにプロレスの第一試合が始まる。これはまだ体の細い日本人同士の前座の試合だったが、それでもそのあとに控えるいくつものお待ちかねの試合にむけてコーフン度をいやが上にも高めてくれる。この次第に増していく高揚感といったらなかった。だいたい三十分をすぎた頃に、いよいよ日本人レスラーと外国人レスラーの試合になる。最後からひとつ前の試合を「セミファイナル」というのだと知って、それからときどき町で売っている「焼き串カキ」とか「芋飴」なんか食べるとき、ちょっと意味がズレているような気もしていた。

セミファイナルの試合は、日本のそこそこ強い選手が出るので目が離せないが、勝つか負けるか引き分けか試合展開によってなかなかわからず、いよいよ最後の力道山の試合に熱気は急速に高まっていくのだった。

後年、このセミファイナルの試合がすんだりングのマットには、必ず三菱の電気掃除機があげられ係の人がそれでリングをくまなく掃除するのだった。

このプロレス番組のスポンサーは三菱電機だったので、そういう具合になるのは、後日だいぶ経ってからよくわかったが、その当時はプロレスというものは、最後の注目試合の前には電気掃除機がマットの上をきれいに掃除するものなのだ、とかなり長いこと

信じていたのだった。

このメーンイベントが始まる頃は、駅から出てきたサラリーマンなども見物の輪に加わっていたから、そういう熱気も感じてぼくたちのコーフン度はどんどん頂点に達していった。

プロレス中継が終わると、店主が出てきてサッサとスイッチを切ってしまい、ショウウインドウの前の見物の人々もサッサと散ってしまう。ぼくたちはそういうふうにすぐに気持ちを切り換えることができず、そのあたりの自転車置き場の奥のほうに集まって、今の試合の感想などを激しく言い合うのも金曜日のタノシミ、ヨロコビのうちに入っていた。この夕食後のプロレス見物には賢三君は必ずついてきたが、裕を連れていくのは母親がとめて家にいた。

母親はぼくが夢中になっているプロレスラーじゃないけれど、その頃ますます元気になってきて、毎日アタマの上に「頑張り中です！」などという見えない文字を躍らせているようだった。そうしてある夜遅く、帰宅して冷えたごはんを食べている長兄に相談事があると言って、今や食堂兼臨時のなんでも部屋のようになっている部屋にやってきた。

珍しく母親は兄に食後の熱いお茶をいれながら、夜だというのにいつもと同じ景気のいい声を出していた。ぼくは宿題があったので、そのまま食堂の自分の椅子に座っていた。

「お金、いろいろ使わせちゃったけれど、ようやく踊りの稽古場らしきものができたわね。あんたも知ってるように、あたしが娘時代と新婚時代に随分稽古した日本舞踊の御稽古教習場のようなものができたわ。そのお月謝で自活していくことしか、今はあたしにやれることがないのよね。調べてみると幸いこの町には、いや近くの町にもそういう稽古をしているところがまるでなかったので、ある程度成り立つんじゃないか、と見当をつけたのよ。あんたにはこの計画をもっと早く話しておきたかったのだけれど、なにしろあんたも忙しいからねえ。同時にあたしも昼間はわざと元気よくやっているけれど、夜ともなるとやはり疲れが出て体がいうことをきかなくなってしまってね。で、今頃になってこんなことを話しているわけなのよ」

饒舌な母はそれでもいくらか話をはしょっていたらしい。そこまで言ってしばらく黙り、目の前のお茶を飲んだ。

長兄はいつものように静かなままだったし、穏やかな顔つきをしていた。

「お母さんが好きで得意な世界なんだから、その考えでいいと思いますよ」

兄は言った。

母は少し安心したような顔つきに見えたが、兄としては母がそれから何を言いだすのか、ということをいささか用心しているように見えた。

「それで、この町で出会えたあらゆる知り合いの援助を得て、新規のお弟子さんもそこそこ集まってきていて、まだ予定していたものには満たないけれど、あたしの才覚でじわじわと仕事になっていきそうなのよ」

兄はまだ黙って聞いていた。

「そういうお膳立てを作るために、この家を随分改造してしまったわ。あなたにろくに相談もせずにね」

「ああ、それはいいんですよ。新しい事業を始めるみたいなものだから、当然そのしつらえは必要です」

母はまた笑顔になった。

父が座っていたあたりの真上にある、柱時計が十時を鳴らしていた。

「で、これからのことはちょっと話しにくいんだけれど、そのための準備の工費なりなんなりが予定よりもかさんでしまって、お父さんから相続した遺産を超過してしまったのよ」

あれ。いよいよ本題に入ってきたな、とぼくは思った。どうも全体の話の流れから

そういう話題になりそうだな、ということはぼくにもある程度察せられたのだ。

そのまま、そこに座って二人の会話を聞いているのはまずいような気もして、宿題の

本やノートを片づけはじめた。しかし、母も長兄もぼくのその仕種を見て「そのまま

一緒に話を聞いていなさい」と言っているような気がしたので、途中で片づけるのはや

めて態勢を整えた。

「いくらぐらい足りないの?」

兄はストレートに聞いた。

「今、十万円、というところね。でもこういう世界では、稽古場をひらくときとか記念

のときなどに、お弟子さんやその関係者を集めて〝おさらい会〟というのがあるんです

よ。お披露目ですね。そのときにお弟子さんやなにやかやの関係者からご祝儀をいただ

くの。ピンからキリだけれど、それでも結構な額を包んでくれる場合もあって、これを

やることによって足りない額の埋め合わせはできると思うのよ」

兄が小さく頷いていた。

「わかりました。今、ぼくは仕事に追われっぱなしで、さしたる資金の足しになるもの

はありませんが、こういう仕事上、短期でそんなに負担のかからない利率でお金を借り

　母が頷いた。

「そういうお金は支払いを遅らせてはいけないんですよね。これからのお母さんの稽古場の評判にもかかわることですから……」

　母はまた頷いたが、いきなり目頭から涙がふくれて流れているのに気がついた。

　肝心な話はそれで終わった。

　でも母親がぼくにその一連の話を聞かせたのには理由があって、そういう訳だから、この「おさらい会」にいろいろ手伝ってもらいたい、ということであった。

　いったいその「おさらい会」というのが、どんなものなのか見当もつかなかったが、主人公である母の子供として、その仕事が成功するように、という気持ちははっきりしていた。

るることができる道があります。その足りないぶん、というのは家改造の際の職人さんへの支払いなんでしょう？」

賢三君のヒコーキ

賢三君は父親のつぐも叔父からひきついだのだろう、ちょっとした時間があると家の横のニワトリ小屋の先にまとめてたてかけてある大小さまざまな木切れのなかで、あきらかに焚きつけぐらいにしか用のなさそうなものを見つけてきては庭の隅で何かの工作をしていた。

日曜日のよく晴れた日などは、ぼくがほかの遊びに誘わないかぎり、そうしていることが多かった。賢三君がまだ小さなときに両親が離縁してしまい、父親であるつぐも叔父はその時分からしばしば日雇い仕事などに出ていることが多く、賢三君は自分の家で一人遊びをすることが多かったから、そういう習慣になっていたのだろうと思う。

だからぼくも母親などから何か言いつけられたり遊びの用がないときは、賢三君のそういう工作を眺めていることが多かった。当然のように犬のジョンも、「なんですか？なんですか？」という顔をしてそばに来てしばらく眺め、フと何か思いついたように庭

のあちこちを走り回っては「あっそうだった」というような感じで賢三君のそばにやってきた。弟の裕はたいていジョンよりもあとにやってきて、ぼくの隣にしゃがみ「何ごっこ？」などと聞くのが常だった。

賢三君が何を作ろうとしているのか、一番はじめにそこにやってきているぼくらはすでに聞いているのだが、賢三君が少し変わっているのは、そういう自分一人だけの「なにか」に集中してしまうと、ほかのことに気が回らないようになってしまうようで、いつもみんなで遊ぶときのようにそうした質問になめらかにはすぐに答えなくなってしまうのだった。

思いついて何か始めると、目の前のことにすぐ「夢中」になってしまう性格なのだろうとぼくはしだいに考えるようになっていたけれど、本当のところはわからなかった。

その日も賢三君から明確な答えがあるとは思わなかったけれど、ためしに聞いてみたら「ま、まだわからないけれど、ひ、飛行機を作りたいと思っているんだ」と、その日は珍しく明確に答えてくれた。だからあとから来た裕に「ヒコーキを作ろうとしているんだよ」と教えてやった。

「へえ、ヒコーキなんてすごいねえ。飛べるやつ？」

裕はいきなりカン高い声になった。

賢三君のそばにある材料は半分濡れたような木っ端や、まだ泥のついているような木杭（くい）みたいなものとまばらな形をしたいくつかのベニヤ板しかなかったからこれで「飛べる」ような飛行機を作るのは相当に難しい、と思ったけれど作ろうとしているのは賢三君なのでぼくは何も言えなかった。

「と、飛ぶんだよ。ぼ、ぼくの頭の中の設計図ではね」

賢三君が裕に笑いかけながらそう言った。

「へえ、すごいなあ。発明なんだね」

裕が言った。

「うん、前から、か、考えていたんだ」

ぼくはその会話になんと言って加わっていったらいいのかわからなくなって、結局何も言わないでいることにした。

ジョンが何度目かの庭の見回りから戻ってきてフハフハ息をはき、しゃがんで賢三君を見ているぼくたちのそばにまたやってきた。

「ジョン。見ていてごらん。これから賢三君がヒコーキを作るんだよ」

裕が本気なのか裕なりの冗談なのか、ジョンの顔を見て言った。

「うん。で、でもまだ本当にヒコーキができるかどうか、わ、わからないよ」

賢三君が、それはそれで本気なのか冗談なのかわからない口調で言った。

賢三君が木片に限らず余りものの何かや拾った金属片などを使っていろんな工作をするのが好きになったのは、いつも身のまわりにつぐも叔父が仕事などで使っている工作道具があったからなのかもしれない。

その日は思いがけなくみんなに注目されてしまい、賢三君はちょっと困っているようにも見えた。こういうときにどうしたらいいのか、ぼくもちょっと困ってしまうことがある。手伝うといっても作りたい飛行機の形は賢三君のアタマの中にあって、それを説明してもらう、ということになるとかなり賢三君の負担になりそうだな、とぼくはそれまでのさまざまな経験にあてはめて考えていた。

そこで、唐突だったけれど、ジョンの散歩に行くことにした。よく晴れて気持ちのいい日曜日の午前中だ。そんな時間にジョンの散歩に行くことはめったになかったけれど、知らず知らずのうちに賢三君に圧迫のようなものをかけてしまったかもしれない、と思ったからだ。

「ジョン。散歩に行くぞ」

唐突にぼくは言った。

自分の名前を呼ばれるとジョンはすぐに反応する。ジョンは人間の話す言葉、とくに

ぼくたち子供の話していることの半分ぐらいはちゃんと理解しているのではないか、と
この頃思うようになっている。

だからそう言ってぼくが門のほうに歩いていくと察しのいいジョンは嬉しいときにい
つも腰のほうをピョンピョン高くする独特のヨロコビの反応をみせながらぼくのあとに
ついてきた。

いつもの畑の真ん中を突っ切る少し高くなっている小道を行くか、その日はいきなり
の散歩なのでほかの場所を目指すか少し迷った。日曜日の午前中なので今日はいつもと
方向をかえて、ときおり行くボールド山のほうにするか、とぼくはジョンに言った。も
ちろんジョンにはそこまで込み入った言葉はわからない。

ボールド山というのは背の高い杉の木がたくさん生えた、ちょっとあたりよりも高く
なっているところで、名称のように「山」がつくほどではない。

でも町の人はみんなそう呼んでいたから、むかしはもうすこし高くなっていたのかも
しれなかった。山の高さが低くなるなんてことがあるのかどうかわからなかったが、ど
うやらこの町の人でさえ誰も本当のわけは知らないようだった。

町はずれにあったので、まわりには民家がところどころにあるだけだった。森の中の
家だからちょっとした西洋童話に出てきそうな気配でもある。でもそういうイメージと

はそぐわない感じで、ボールド山への道に入っていく丁度入り口のあたりに小規模な製油工場があった。菜種から油をとっているということは知っていたし油づくりもしているようだが、あまり活気というものがなかった。

ジョンもぼくもボールド山の犬の散歩は好きだったが、まわりに民家が点在しているからだろう、ぼくと同じように犬の散歩をさせている人がけっこういた。

そのあたりは海浜町のイメージと違って「どこか全体に知的な気配がある」と嫁いで韓国に行った姉の夏子が以前よく言っていたのを思いだした。姉がそういうイメージをもつ理由は具体的にはよくわからなかったが、ぼくたちみたいに裸足でそこらを走り回っているような子供の姿はあまりなく、ぼくのクラスでもそのあたりから通ってくる生徒はあまりいなかった。

ボールド山に行くと、ときおり犬を散歩させている人に出会うけれど、たいてい大人が連れていた。その日も林の中の小道に入っていくと、さっそく大きな犬を散歩させている人が正面からやってきた。はじめて見る犬で、全身真っ黒な長い毛がはえていた。しかも連れている犬は首輪にクサリをつけられ、その一端を散歩させている人が持っている。その犬はなぜか一刻も早く一刻も早く、と先を急いでいるように、つながれているクサリを思い切り引っ張り、息をハアハア荒らげていた。

そんなときはぼくもジョンも道をはずれてくさむらのなかに入って避けることが多かった。

でもその日はちょっと違った。

ぼくとジョンが殆ど意志を同じくしたようにくさむらの中に入っていくと、その散歩者は荒い息を吐いて全身で引っ張っている犬と一緒にぼくたちが避けた方向にむかってどんどんやってくるのだった。

そのうちに「おい！」と、大きな声がした。

荒い息を吐いている犬と一緒に歩いてきたおじさんがそう言ったのに違いなかった。

「おい、ちょっと待て」

そのおじさんは立ち止まり怒鳴るように言った。

連れている犬も立ち止まったが、まだいままでと同じくハアハアいっている。いかにも気の荒そうな大きな犬だった。ぼくに声をかけたおじさんはかなり太っていて、コールテンのブカブカしたズボンにこの季節には寒そうに見えるメリヤスのシャツ一枚だった。

ぼくも立ち止まり、ジョンもかなりそこから離れたところに行って、身を隠すように動きを止めているのが気配でわかった。

「あのな、キミは犬をつながずに犬の勝手にさせているだろう」

何を言われているのかわからずにいたのだけれど、いきなり言ったのはそういうこと

だった。その人の言うとおりなので「はい」とぼくは答えた。

「この近くに住んでいるのか?」

おじさんは言った。

「はい」

ぼくの返事はさっきと同じだ。それしか言いようがなかったからだ。

「この近くじゃないんだな」

「はい、まあ、ちょっと離れてますが」

「あのな。やけんがりって知っているだろう?」

ぼくの知らない言葉だった。しかたなくすこし黙っていた。

「キミはまだ小学生だな。ヤケンというのは野という字に犬と書く。野犬だな。そう言

えばわかるだろう。簡単にいえば野良犬ってことだ」

ぼくの頭の中でその文字が点滅する。でもこのおじさんは何の用があってそんなこと

をぼくに言うのだろう、ということのほうが気になった。

「ここらに住んでいないんなら知らないだろうけれど、この林には最近その野良犬がい

っぱい集まるようになっているんだ」

「はい」

　その返事が適切かどうかわからなかったけれど今はとにかくそう答えるしかなかった。

「今は真っ昼間だからまだいいけれど、キミみたいに小さな犬をクサリもつけずに歩いていたら、ここは危険なんだ。夜なら野犬に食い殺されるぞ」

（ひえっ！）と思ったがちゃんと「はい」と答えた。

　いきなりもの凄いことを言う人だと思った。それに対してまたもやあまり適切な返事にはなっていないのだろうな、と思ったがとにかくそのほかの返答は見つからなかった。

「犬を散歩させるにはクサリをつけなさい。そうして夜には自宅でちゃんとクサリをつけて勝手に出歩かないようにするんだよ」

「はい」

　でも、ジョンはおじさんの引っ張っている犬よりはたぶんずっと利口だから絶対に一匹で夜中にこんなところにはこないよ、と言いたかったが黙っていた。

「な、そうするんだぞ」

　太って体がやや後ろに反ったように見えるおじさんはそう言い捨てて、またもとの林の中の道に戻っていった。

　五、六分そのあたりでウロウロしてぼくはジョンと家に帰った。なんだかよくわからないけれどぼくの体の中のどこかがなにかに怒っていた。

　家に帰ると庭にはまだ賢三君と裕がさっきと同じようなところに、二人して工作に熱中しているようだった。

　ぼくたちが門をくぐると裕がそれに気がついてすぐに立ち上がった。

「ねえ、早く見て見て。ヒコーキの羽が今できたところだよ」

　裕はこうふん、というよりもはしゃいでいるように見えた。ぼくよりジョンのほうが先に二人のところに走っていく。

　賢三君の工作の腕は驚きものだった。

　今、賢三君の傍らにあるものはまさしくヒコーキの胴体に見えた。さっきジョンとボールド山にでかけるときに見たときは四角い木杭でしかなかったようなものが、今は全体に丸みをおび太い先端から後ろのほうにかけて細長くなっている。それはまさしくヒコーキの胴体だった。

　賢三君が今、手にしているのは、さっきベニヤ板だったものがまさしくヒコーキの翼の形になろうとしているところだった。

ぼくとジョンがボールド山に行って帰ってくるまで一時間もかからなかった筈なのだからそれはおそるべき早業だった。

「わあ。本当にヒコーキだ。賢三君、素晴らしいよ」

ぼくは思わず拍手した。

「ま、まだ、難しいのはこれからだから」

賢三君がなぜか少し困ったような顔をしてそう言った。

「もう、すっかりゼロセンだよ」ぼくは言った。

「ゼロセンって何?」

裕が聞く。

「戦争のとき活躍したヒコーキ。世界で一番速くて強かったんだ」

ぼくは本当に感心していた。工作はぼくも好きだったけれど迷うことが多くて、何か作るのにも出来上がるまでにいつもすごく時間がかかる。だから賢三君の手際にはまったく感心した。

「その胴体はどうやって削ったの?」

一番手間のかかりそうなヒコーキの流線型の胴体のスマートさにとにかく感心した。

「これはカ、カンナで削ったんだ」

賢三君はまたしても少し困ったような顔をしていた。

ぼくも学校の工作などでカンナを使ったことはあるけれど、カンナの刃をどのくらいソトに出すのかが難しくて、まるで何もないように空滑りしてしまうか、刃の出しすぎでいくら力を入れてもまるで動かない、ということのどちらかで、一番使いづらい道具だった。

少し気持ちを落ちつかせてまわりを見ると、ヒコーキの胴体を置いてある隣に水の入った洗面器があり、その中に砥石が見えた。

「包丁だって砥石にかけるとぜんぜん切れあじが違うよ」

いつだかつぐも叔父が母にそう言っていたことを思いだした。そうなんだろう。賢三君は自分の父親、つぐも叔父のやっていることを小さい頃から見ていて、父親のいないときなどにたぶんいろいろ真似事をしていたのだろう。

ベニヤ板から切りだした翼を胴体の下にクギで打ちつける。それから尾翼の部分にとりかかる。ベニヤ板はやわらかいのでノコギリで形を整えるのも早かったようだ。

凄いなあ、と感心したのは操縦席だ。以前、つぐも叔父がニワトリ小屋を作ったとき金網の切れっ端がいろいろ残っていた。賢三君はその金網を小さく切り、三重ほどにして機体の上にとりつけていた。そうすると金網の網の目が複雑に小さくなり、さらに沢

山の細いハリガネ状の切れ端の何本かを木の機体にキリで穴をあけ、そこにこれらの主だったものを差し込んでいた。そのようにやると写真で見るゼロセンそっくりになった。

「わあ」

裕が歓声をあげ、ぼくは手を叩いた。

「で、でも、これで完成じゃないんだ。空に飛ばさないと……」

賢三君が言った。

「空に飛ばすなんて……」

ぼくは、これに脚の車輪をつけてもう十分完成だと思っていたのだけれど、賢三君の考えは違っていたらしい。

「ゼロセンは、と、飛んでいるときは、脚を胴体に、み、みんな引っ込ませているんだ」

ぼくはそれまで、完成したらそれを手に持って紙ヒコーキのように手で飛ばすのかな、とばかり思っていた。そういうふうにしても紙ヒコーキとは重さも構造もまったく違うからそれではたぶん落ちたときに衝撃が強すぎてあちこち壊れてしまうだろう。それではあまりにももったいない。飾っておくだけでいいじゃないか、と思っていた。

賢三君はいろんなことを考えていたらしく自分の部屋の押し入れに頭をつっこむと、荷造りのときなどに使う麻紐（あさひも）の束を取り出してきた。

それからほぼ完成したゼロセンを持ちあげ、あちこち眺めながら片一方の翼にキリで穴をあけはじめた。その穴に麻紐を差し込み、きつく縛る。賢三君の空飛ぶゼロセンはそれでおおかた完成したようであった。

作り出してからまだ二時間ぐらいしか経っていない。

その日曜日は午前中からいろいろ予期していないことがおきた。賢三君のヒコーキがあと少しで完成する頃にいきなり「カメさん」がやってきたのだ。

「カメさん」というのはもっぱら町の人々からの愛称で、本名は誰も知らない。体が大きく顔の半分ぐらいは白と黒の髪と髭で覆われていた。いつも同じような色合いの大きなモンペのようなものをはいており、季節にかかわらず地下足袋をはき、なぜか垢でピカピカするような学生服を着ていた。そうして必ずリヤカーをひいていた。

カメさんはあまりモノを言わない。人嫌いでふだんは山にこもっている、と言う人もいれば寺や神社の片隅を住処にしている、と言う人もいた。ときどきリヤカーをひいてあてずっぽうにいろんな家を訪ねて歩き「穴掘り、薪割りはねーか」などといつでもどこでも同じことを聞いていた。

住所不定の流れ者、というわけだけれど町の人から疎んじられることはなかった。そ

の頃は各家庭で出るゴミは燃えるものなら風呂の焚きつけにし、燃えないものや生ゴミは庭の広い家だとその敷地のどこかに穴を掘りそこにためていた。

あらたにゴミがたまって穴に入りきらないようになると同じ敷地の別のところに穴を掘り、生ゴミでいっぱいになったそれまでの穴には土を被せる。ひとつの穴を掘ると一般の家庭だと一カ月ぐらいはそれで足りた。穴の中のゴミはゆっくり腐敗していき、やがてその殆どは土に同化していった。

カメさんの力仕事の「穴掘り」は、老人しかいなくなってしまったような家では大助かりだった。薪割りは老人たちの家族だけではなくて普通の家族構成の家でも主人が勤め人だったり農家で昼間は夫婦が農作業に出ていかねばならないところでは重宝がられた。体が大きいわりにはこまかいところまで気がきいて、割った薪を束にして軒下に積み重ねておく、ということまでしてくれた。その頃の家の風呂はまだ薪を使うことが多かったのだ。

カメさんにそういうことを手伝ってもらった家は半紙に百円とか二百円などをくるんでお礼とした。現金ではなくコメや粉、野菜、果物などを渡す家などもあった。カメさんは留守の家にもやってきて、ゴミ穴の様子や薪の残り具合などを見て自分で判断して必要なことをやっておいてくれることもあった。そういう家は、そのことを覚

えておいて、カメさんとそのあと出会ったときにそれなりのお礼をしていたようだった。

だからカメさんは町の人にとても愛されていたが、体が大きくて髭ぼうぼう、素顔が

よくわからないほど垢や煤で汚れた容貌は小さな子にはひどく異様に見えたようで、カ

メさんがやってくると泣く子も多かった。それを利用して、何か言うことをきかずにし

つこく泣いたりしている子に持て余した親が「そんなことでいつまでも泣いているとカ

メさんがくるよ」などと言って脅かして黙らせる。口先だけだがひどいことを言う親も

いたのだ。

そのカメさんがその日、ぼくたちがヒコーキ作りに夢中になっているときにやってき

たのだ。ぼくの家はつぐも叔父がカメさんのやるような仕事を休みのときにみんな済ま

せてしまっていたので、カメさんがきてもとくに頼まねばならない用はなかった。

だからぼくは門のところに行ってカメさんに「今のところは大丈夫です」と断らなけ

ればならなかった。カメさんは殆ど喋らないが、こちらの言うことはかなりのところま

で理解しているようだからそれで問題はなかったとはいえ、そのまま帰すのはなんだか

すまない気持ちになってしまうからちょっとぼくは困ってしまった。そのとき、まだそ

の日はニワトリ小屋からタマゴをとってきていない、ということに気がついた。毎朝そ

のタマゴを持ってくる仕事はぼくが第一責任者、賢三君が第二責任者になっていたから、

まだタマゴはニワトリ小屋にある筈だ。

ぼくは裕にタマゴをとってくるように言った。裕は走ってニワトリ小屋に行き、まもなく両手で大切そうにタマゴを持ってやってきた。

「最近ぼくのところでニワトリを飼いだしたんで、こうして毎日タマゴが手に入るんです。持っていってください」

ぼくは言った。

カメさんはいつものように何も言わなかったがすっかり理解したようだった。

両手で大切そうに三つのタマゴをうけとり、カラーがとれて何年も経っているような学生服のポケットにそれらをやはり大切そうに入れた。そうして少し頭をさげ、またリヤカーをひきながらぼくの家の前を通過していった。カメさんのひいているその日のリヤカーにはドンゴロスの袋に何か農作物が入ったようなものがひとつだけ載せられていた。

お昼の時間までまだだっただから、賢三君の作ったヒコーキを飛ばしに行こう、ということになった。その段階になると賢三君のヒコーキを飛ばすのは普通に手で投げるような方法ではないな、ということがわかっていたけれど実際にはどうするのか、まだぼく

にはすっかりとはわからなかった。ヒントは最後のほうの段階で翼の端に麻紐を結びつけたことにあるな、ということはわかっていたけれど。

賢三君に聞くと飛ばす場所は、この家の庭ぐらいの広さがあればいいという。でもまわりに木や建物がないこと、というのが大事な条件だった。

少し考えたが、いつもジョンを散歩に連れていく近くの田畑の中の少し高くなって続いている道が頭に浮かんだ。ジョンを散歩に連れていく近くの田畑の中の少し高くなって続まだ本当に飛ぶかどうかわからないしね」と、さいぜんから同じ、なんだか困った顔をしてそう言った。

ぼくと裕、そして賢三君、さらにジョンという順番で家の門から飛び出した。目的の場所まで走って五分もかからない。その季節、まだ枯れ田が多かったから場所にはまったく問題はなかった。

「ねえ、早く飛ばしてみて」

裕が飛び跳ねるようにして言った。

賢三君はヒコーキの翼に結びつけた麻紐の残り全部を足もとにそっくりたらし「ま、まだ実験だからね」とちょっと遠慮っぽい口調で言った。

「で、ではやるからね。そ、その前にみんな、そ、その場所でしゃがんでくれないかな。

悪いけれど」

　そう付け加えた。

　ぼくたちはすぐにしゃがむ。ジョンだけは別だ。大勢で散歩に出るのはこの上なく楽しいけれどどうして先に進まないのかな？　とジョンなりにいぶかしく思っているようだった。

　賢三君はヒコーキの本体を手につわけではなく、翼につけた紐を両手にしっかり持ってヒコーキを地面から三十センチぐらいのところにぶらさげるとそのまま自分の体をぐるぐる回し始めた。回しながら手にした紐をどんどん延ばしていくのがわかった。ヒコーキは賢三君をイキオイよく回転していき、賢三君が紐を延ばしていくと飛ぶヒコーキもその距離を延ばしさらに高くなっていった。

　簡単な仕掛けだったけれど、そのようにやるとヒコーキは本当にぶんぶんイキオイを増して空中に飛びあがっていくように見えた。

「やった！　やった！」

　裕がカン高い声で叫ぶ。

　裕の歓声に励まされたのか賢三君は紐をさらにまた大きく延ばしたようだった。賢三君はときおり少しフラついたがそれでも賢三君のヒコーキは確実に高度をあげていくよ

うだった。なんだかわからないままジョンが枯れ田にむかって走りだしていく。賢三君のヒコーキを追っているようだったが、当然ながらジョンにはまったくどうにもならなかった。

怒りの茶碗蒸し

母は何かと人づきあいがよく、いつのまにか沢山の人と仲良くなってしまうので、家には母の知り合いという人がいろいろやってきた。でもぼくと賢三君と裕ら子供たちには殆ど関係はないので、そういう人と顔をあわせると、せいぜい互いに少し笑い顔などを見せる程度で、「コンニチワ」などと挨拶のコトバをかわす人は半分ぐらいだった。

でも一人だけ「きょうじやのせっちゃん」というおじさんは、ぼくたちと大変仲がよかった。せっちゃんは小柄で丸くふくらんだような顔をしていた。しかもいつも笑っているような平和な顔なので、せっちゃんと顔をあわせるとぼくたちも単純に嬉しい気持ちになるのだった。

せっちゃんはいきなりオート三輪でやってきて、「おーい、君たち毎日ちゃんと勉強やってるかあ」などと大きな声で言う。ジョンにむかっても同じことを真剣に言うので、そういうところが断然面白かった。

ジョンは自分の名を呼ばれると必ずそっちにむいて激しく尾を振る礼儀ただしい犬だ
けれど、ぼくたちがジョンに喋っているほどには、せっちゃんが言っていることはわか
らないから、「このヒトどうしたらいいですか?」というような顔をして、ぼくたちを
見るのだった。とくにぼくを探してそういう顔をする。せっちゃんは玄関に行く前に、
ぼくたちが今やっている遊びの話などをいろいろ聞いてくることが多かった。少し変わ
ったおじさんだったけれど、たぶん無類の「きょうじゃ」だったのだろう。

ぼくはまだせっちゃんのやっている「きょうじゃ」という仕事の内容をまったく知ら
なかったけれど、母の舞踊教室の熱心なお弟子さんであり、仕事としてもそこそこ母の
教室とつながりがあるらしい、ということぐらいまではわかっていた。

せっちゃんの乗ってくるオート三輪は中古のオンボロだった。ぼくの家には車庫など
なかったので、家の前の小道からするする入ってきて、庭の真ん中へんのちょっとあい
ている場所に停めていた。せっちゃんはエンジンを切ると、ぼくや賢三君や裕などに、
そのオート三輪を自由に触り、運転席に座ってそれを走らせるようなフリをすることな
ども自由にやらせてくれたので、そういう意味でもぼくたちには人気ナンバーワンのお
じさんだった。

その型のオート三輪の運転席には一人しか乗れなかったけれど、後部に小さな荷台が

あって、そこに最初のジャンケンで負けた二人を乗せて、ハンドルなんか動かすフリを
しているとけっこう本物のオート三輪に乗って走っているような気分になり、それを三
人でかわりばんこにやっていた。

母親の舞踊教室のお弟子さんにはもう一人、ぼくたち子供に人気のある「美人のやま
もとさん」というおばさんがいて、駅前で海苔とお茶を売っていた。海水浴や潮干狩り
の客が夏など大勢やってくるようになると、その間、店を拡張し、海苔とお茶のほかに
殻つきのピーナッツや海苔巻などの品目に手をひろげ、それが当たったようだった。

この「やまもとさん」はミボウジン会の会長をやっていて、学校給食が始まるまでは
小学校のお昼時間にあわせて、学校近くの神社の境内を横切る道端に、戸板を四枚ほど
リンゴ箱の上に並べて屋台らしくし、パンなどを売っていた。もちろん人手がいるのだ
が、ミボウジン会のおばさんたちがその店での販売に集まってきて、けっこう子供の人
だかりを呼んでいた。

「やまもとさん」はミボウジン会の会長だから、もちろん本人も戦争未亡人を名乗って
いた。母の即席の「舞踊教室」にその「やまもとさん」が加わってきたことで、母はな
にか大きな自信を得たようでもあった。

母の舞踊教室には中年のおじさんなどが加わっていたが、その理由はほっそりして着

物が似合う「やまもとさん」は、お稽古の日はいつも買い物籠のなかにいろんなお菓子を入れてき
て、ぼくたちと顔をあわせると必ずその籠のなかに入っている袋入りの菓子のひとつを
「あいよ」と言って渡してくれた。ぼくたちにくれるのはいつも紙袋に入っているので、
それは他のおばさんたちと稽古のあいだに食べたりする茶菓子とはべつに、ぼくたち子
供用に用意してくれているらしいということがわかり、ぼくは「やまもとさんもつくづ
くいいひとだ」と賢三君や裕などと言いあった。

「つくづく」なんていう言葉を、実はその頃のぼくたちはよくわかっていなかったのだ
けれど、母親が「やまもとさん」のことを話すときに決まって、「つくづくいい人だ」
と言うのを聞いていたから、ぼくたちからすると「やまもとさん」と「つくづく」とい
う言葉はいつでもぴったりくっついたものになっていたのだった。

もうひとつ「やまもとさん」といえば「野性的」という言葉が特別にくっついていて、
ぼくたちは真似してよくその言葉を使った。もちろん漢字で書く「野性的」という意味
とは少し違っていて、やはりひらがなの「やせいてき」だった。

ぼくたちがそういうふうにいっぱしの言葉を使うようになったのは、母親が家の夕食
のときなどにお弟子さんの話をいろいろすることがあって、「やまもとさんの戦死した

ご主人は、タクワンを切らずに一本つかんでそのまま食べてしまうようなやせいてきな人だったらしいのよ」と言ったらしいのが、強烈な印象になっていたからだった。「やまもとさん」はそう言っても、けっして旦那さんをケーベツしているわけではなく、けっこう自慢げに聞こえるのが不思議だった。

ぼくはいつも上品そうな着物を着て家にやってくる「やまもとさん」と、タクワンをまるかじりしていた昔のその旦那さんというのが頭のなかでうまくつながらず、むしろときおりあらわれるボロボロの「カメさん」とイメージがかさなってしまったりしてどうも困った。

もうひとつその頃にはじめて聞いて完全におぼえてしまった言葉に「しゃなりしゃなり」というのがあった。言いだしたのはつぐも叔父で、母の舞踊教室のために畳敷きの部屋を板敷きに替える大工仕事をやっていたつぐも叔父が、新しくなった板敷きの部屋を「ぬか」を袋に入れたもので念入りに拭いていく仕事を手伝っているぼくたちに、

「こういう板敷きの表は、しゃなりしゃなりと踊る人の足袋やら、着物の裾やらがちょこっとでん板のササクレにひっかかると大ごとやけん、念ば入れて丁寧に仕上げないかん」と言っていたのが、妙に印象的な言葉として、ぼくの貧弱な語彙のうちのかなり高い位置に加わってしまったのだった。

結婚した夫の勤め先の関係で韓国に行った姉の夏子からは、なかなか手紙もこなくて
その後の様子がわからなかった。ときおりそのことで心配顔になったり怒った顔になっ
たりしていた母が、学校から帰ってきたぼくたちにまっさきに、夏子姉さんから二度目
の手紙と小包がきた、ということを教えてくれた。その時間はまだ踊りの教室をやって
いるので、手紙に書いてあった詳しい話はできず、とにかく新しい生活を始めるという
のは毎日忙しすぎるのでゆっくり手紙も書けなかったという事情が書いてあり、最近は
ようやくカタコトだけれど日常生活の買い物ぐらいは韓国の言葉も少しだけ使って通じ
るようになった、という程度のことだけ伝え、母はまた慌ただしく稽古場のほうに戻っ
ていった。

経済的な理由と、まだ国際電話の回線が確実ではなかった時代だったので、いったん
外国に行ってしまうと国によっては電話で話すことさえ難しくなるから、何カ月かぶり
の手紙は、気持ちがパッと明るくなるほど母には嬉しい出来事だったのだろう。

ぼくは姉が元気なことを知ったのは母親と同じくらい嬉しかったけれど、それとは逆
に次兄のタカシがこの頃ちっとも帰ってこないのが少し気になっていた。タカシとぼく
は六歳離れていて、幼い頃からあまり仲がよくなかったのだけれど、今の状態は家出そ

のものではないか、と思ったのだ。だからその日の夜、母から姉の丁寧な丸文字の手紙を見せてもらったときに、ぼくはタカシのことを聞いた。まだ高校生なのにこんなに家に帰らないのは心配じゃないのか、と。

タカシは自分にあてがわれていた部屋を無断で踊りの稽古場にされ、その部屋に置いてあった私物や本などを、つぐも叔父親子が住むようになった庭の家作の、もうひとつの部屋に移動させられていた。タカシはそのことを知って猛然と怒り、それからいっさい帰宅しなくなってしまったのだった。

タカシがどの町にいてどんなところで寝起きしているか、ということはどうやら母と長兄は知っているようで、母も兄もそのことについては自分からはぼくたちに何も話さない、というのがそれはそれでなんだかヘンだった。

「タカシはまったく心配ないから」

と、母はそのことについてはやはり簡単にそう答えるだけだった。

つぐも叔父は海岸沿いにある「かいばい工場」に臨時雇いとして、毎日決められた時間に勤めに出るようになっており、夜は特別遅くなるときを除いて、自宅でみんなと一緒に食事できることになった。つぐも叔父が勤めるようになった「かいばい工場」は、

海岸に行くと異様に大きい建物がよく目立つので、ぼくがその海岸沿いの町に越してきた最初から、気になっていたところだった。

そこでの仕事は簡単にいうと、毎日沢山運ばれてくる貝殻を機械でこまかく粉砕して、白い粉にすることだった。粉砕した貝の粉は一度強い火で焼いて漆喰(しっくい)の原料などにするので、沢山の材料を必要としていて、やがて地元の海岸にちらばっている貝殻では足りなくなって、近隣の同じような遠浅海岸のある町から船やトラックで運んで材料にするようになっていた。

工場は三階建てのちょっと複雑な形をしており、けっこう幅の広い緩い傾斜のスロープが三カ所で曲がりながら一番上の三階まで続いていた。そこで一番きついのは、モッコにたくさん詰め込まれた貝殻を背負ってそのスロープを上がり、三階まで運ぶ作業だった。重労働なので賃金は他のどの臨時雇用の仕事よりもよかったが、体が相当に頑健でないとできない仕事のようだった。

三階のてっぺんには三本の煙突が立っていたので、何も知らない人が見ると、そこで何を作っているのかまず見当がつかない筈(はず)だった。内部では粉砕された貝殻のもっともこまかい粉末を分厚い紙袋に入れる作業をしていた。そのため貝の粉末が霧のようになって工場内部に常に充満しており、そこで働く人たちは一日中、手ぬぐいかタオルで鼻

と口を覆っていないと、肺に貝の塵がたまって病気になると言われていた。夏などはそこに太陽の熱が加わるから、黙って立っていても汗が全身をつたって足裏まで流れてくる、と言われていた。

と工場の内側の熱地獄の話をしていた。そこに勤めはじめたつぐも叔父も事実その通りだ、つぐも叔父の遅い夕食につきあってのことか、母とつぐも叔父が、かいばい工場の話をしているのをぼんやり聞いたことがあった。昼のすさまじい肉体労働とビールの酔いで気が緩んでいたのか、つぐも叔父は珍しく酔った口調でそのありさまを話していた。

「あそこからは絶対死人が出るばい、姉さん」

と、つぐも叔父は言っていた。

「あそこの内側ときたら、ようやく贅沢なとこで出始めとう工業用の大型クーラーやらなかし、扇風機は貝の粉をやたらあたりにまき散らすだけやけん、まったく使えん。そいで普通の日の昼で軽く四十度は超えとうけんね。賃金がいいから男だけじゃなく、この頃は女人人も入ってきとう。男はふんどし一丁ですますばってん、女はしまいにズロース一枚のストリップになってしまう。そのズロースも汗でびしょびしょやけん、裸のごとなる。今はおばさんが多いけん何も起きんけど、いつか若い女が入ってきたら興奮したオヤジにどげなことされるかわからんぞ、と外側で働いているわたしらは言いよる

「とよ」

つぐも叔父が言っているのがどんなコトなのか、ぼくにはもうわかっていた。それから話はつぐも叔父らの労働の厳しさに移り、重いモッコを担いでスロープを上がる仕事は暑さにやられてクラクラして、スロープから落ちたらやっぱり命がないような具合になる、という話になった。

だから昼休みの時間になると、外働きの人も内働きの人もみんな工場の大きな建物がつくる日陰に行って、各自持ってきた弁当をひろげ、まず大量の水と塩を舐め、それからガツガツと競争するように弁当を食うのだという。ガツガツと食うのは、食後の休憩時間を少しでも多くして体を横にして眠りたいからだという。

一日の仕事を終えて帰ってくるつぐも叔父は「外働き」だったけれど、どうしてもこまかい貝の粉を全身に浴びるので、仕事終わりのときに工場で全身を洗っても、それでもまだあちこちに白いものが頑固にこびりついており、顔を見ると白いまばらな化粧をしているみたいで、申し訳ないけれど慣れないぼくたちは、どうにもおかしくてみんなで笑ってしまうのだった。

「こん（この）家は、昼には顔に白粉をつけたおばさんが出入りりして、夜になるとわし

みたいに同じのごと白い化粧顔の人が出入りしている、めでたい家なんやけん」

つぐも叔父はそう言って、母やぼくたちを笑わせてくれた。

つぐも叔父は、ぼくの家に賢三君と住み込むようになる前までは、一人で海岸にある半分壊れたような漁師小屋で暮らしていて、主に十人乗りぐらいの大きな木造船である打瀬船に乗り込んで沿岸漁業をしていたから、漁師などに知り合いはまだ沢山いて、かいばい工場から帰宅するときも、「浜でおうて、もろうてきたけん」と、市場には出せない小さすぎる魚や、足のとれたガザミや雑種の貝類などを土産に持って帰ってきた。

ガザミはその菱形のかたちから、ぼくたちはもっぱらヒシガニと呼んでいたが、そのほかの具と一緒に味噌汁などにすると、世のなかにこれほどうまい味噌汁はない、などとみんなで言いあうほどいい味だった。

それらは時間のないときは茹でるだけでいいので、さっそくその日の夜のおかずになったし、量が多いとつぐも叔父が翌朝、身とキモだけを使って作った混ぜごはんのリッパな弁当になった。

つぐも叔父は海浜の臨時雇いなどで、土地の人からいろいろ聞いていて、形がわるかったり小さかったりして市場に出ないものの、料理方法というか処理方法次第で、とてもおいしく食べられる、遠浅海岸の獲物をそのほかにもいろいろ知っていた。

一番感心したのは、その海にはたして何億匹いるかわからない、稚児蟹（ちごがに）と呼ばれる小さな蟹をたくさん茹で、それをそっくり擂り鉢（すりばち）でこまかくして味噌にまぜて団子にする、魔法のような料理だった。

小さいといっても蟹だから、その殻まではたして人間が食べられるのだろうか、と思って見ていたが、あまりにも小さいので蟹の殻も火力も擂り鉢の威力にはかなわず、けっこう柔らかくこまかく粉砕されて、水をいれてほかの野菜と少し長めに煮込むと、もともと味噌を団子の繋（つな）ぎにしているので、それだけで味噌ダシと具が一緒になって、ごく普通にバリバリ食べてしまうことができた。

そんなこんなをしているうちにちょっと予想もつかなかった話の展開があった。知り合いの多い母のもとにはいろんな話が舞いこんでくるのだが、長兄に「お見合い」の話が、具体的な形になって飛び出してきたのだ。

長兄はもともとぼくとは異母兄弟だから、ぼくより十九歳上の三十一歳だった。それまで独り身でいたのが不思議なくらいだったが、父を亡くして一家を支えていくために仕事量を増やし、せっかく得たお得意さんに去られないようにどこでも丁寧な仕事をしていたので、結婚を前提とする恋愛などにさいている時間などなかったのだろう。

長兄は戦争当時、海軍の砲兵だった。南方戦線で右膝に砲弾の破片が突き刺さったが、運よく近隣にかなり規模の大きな野戦病院があって、そこで治療をうけているうちに終戦を迎えた。長兄はそこにいたる一連の戦争体験をあまり語らない人だったが、まだ父が存命中にかなり気持ちが解放された出来事でもあったのだろう。あるいはなにかの話がきっかけで、父から食堂のテーブルに南方の島の野戦病院のときの写真アルバムを持ってきなさい、と言われたのかもしれない。

そのいきさつはまったくわからないのだが、とにかく長兄が持ってきた土色の表紙のアルバムのなかの風景は、はじめて見る風景でもあったので、その写真のことはかなり鮮明にあとあとまでの記憶となった。

ブローニー判の小さな写真には病衣姿の兄がいた。背景に写っている南国の樹々の葉が印象的だった。

青年というよりもまだ少年っぽいおもかげの兄は、写真のなかで緊張した笑顔を見せていた。その笑いは照れと安堵がないまぜになっているような気がした。古びた写真の何枚かには看護婦さんの白衣姿の日本兵が何人か写っていた。どの人もはじらいのある笑顔を見せていて、同じくどこかを怪我した病衣姿の日本兵が何人か写っていた。みんな揃っての記念撮影ふうのものもあった。長兄が松葉杖によりかかっている写真もあった。

それらのアルバムの写真を、当時住んでいた一家全員がテーブルの上に頭を突き合わせて見ていた記憶が鮮明だった。みんなして兄を話題にして笑いあっている、という感じで、長兄はもっぱら照れていたが、そんなふうな長兄の反応ははじめてだったので不思議な感じがした。

父がそんなアルバムを、食事の終わったあとの食卓に持ってこさせたのは、なにかのきっかけで特別な思いが父の脳裏に横溢したからなのかもしれない、と後年考えるようになった。

ぼくはその病衣姿の兄の、何が一家中の笑いのもとになっているのか、その場ではまったくわからなかったけれど、あれはこの家の楽しい日の夕食後だったな、という記憶は年齢とともに次第に大きくなっていくような気がした。

もしかすると、兄がとくに大好きな看護婦さんが写っていて、それがひやかしや笑いのタネになっていたのかもしれない。

復員兵として帰国した兄の右の膝は、まったく曲がらなくなってしまっていた。そういう大怪我をしつつも、そしておそらくまだ無事に帰国できるかどうかわからない状況下で、穏やかな笑顔を見せている長兄の顔は、やはりどこか不思議な世界にいる人のように見えた。

　三十一歳にいたるまで兄は、自分の身のまわりのヨロコビである筈の結婚など、殆ど考えることができないでいた。

　急に飛び込んできた兄の結婚話は「お見合い」から考えましょう、ということになったようであった。長兄がめでたく結婚することになったら、寂しくなっていく我が家に、大きな新しい花が咲くような気がして、ぼくはその結婚がうまくいくことに希望のようなものを持った。

　母親の舞踊教室は、毎日何人かのお弟子さんがやってきて、けっこう華々しく実質的にはもう始まっていたのだが、正式に世間にお披露目する、という目的で「おさらい会」という催しがひらかれることになっているようだった。

　そのような会は、だいたい大きな旅館の大広間などで執り行われるらしいが、お弟子さんの数や、その会に招待する人の数もわかってきて、自宅のある町から電車で三つ目の駅の近くの、そこそこ歴史や貫禄があり広間も大きな割烹旅館が割引で予約できたので、そこで行われることに決まった。

　その頃になると母をとりまいている幹部のような人が十人ぐらいいて、それぞれ得意とする仕事の分担があったし、まだ若い人が多かったから、グループに分かれて準備を

することに決まったようだった。

母から見せてもらった会場となる店の名は、割烹旅館「喜楽 きらく」といった。漢字だけでなく、同じくらいの文字の大きさで「きらく」と書いてある。界隈では有名な老舗らしかった。

会の準備をしつつ、晴れの舞台に立つお弟子さんの稽古にも俄然力が入ってきたようだった。それまではレコードを主体にしたお囃子だったが、以前頼んでいて数回来てもらった小太鼓と三味線の鳴り物が入り、お披露目と同じような稽古が始まった。そうしてぼくの家は全体にえらく騒々しくなった。面白いことにジョンは縁の下の住処にもりがちになり、あまり外に出てこなくなった。

同時に人間のほうでも、ちょっとした揉め事が起きているようだった。ぼくはあまり関心がなかったけれど、ときおり疲れて帰ってきた長兄を前に母が愚痴をこぼしているので、嫌でも理由がわかってしまった。

要は「お披露目」のときの踊る順番だとか、一同揃っての挨拶のときの微妙な座り位置などで、ちょっとした力関係のぶつかりあいが起きていたようだった。そういう愚痴話が始まると、ぼくはたいてい別の部屋とか賢三君のところに逃げてしまった。そうするとジョンが、待っていましたとばかりぼくたちのところにとんできた。

長兄は遅い夕ごはんを食べながら、辛抱強く母親の愚痴まじりの話につきあっているようだった。

　当日はぼくも賢三君も裕も、なんらかの手伝いをさせられることになっていた。そうなると家にはジョンしかいなくなってしまう。ぼくたちのあとについてこないように、その日は気の毒だったけれど首輪をつけて、庭の真ん中のせんだんの木の根元のあたりにつないでおくことにした。どうやらせんだんの木を自分のものと思っているらしいネコのハチが、こちらの気のせいか、ちょっと気に入らない顔つきをして、その次に居場所のいいところを探しているようだった。

　偉いなあ、と思っていたのは双方「はなし飼い」であるのに、ジョンとハチがまったくケンカをしないことだった。むしろ犬小屋などがあったら、ジョンとハチは一緒にそこに住みそうな気配さえあった。

　昼近くに、「きょうじやのせっちゃん」がいつものオート三輪でやってきた。その頃になってぼくはようやく、「きょうじ」というのが「経師」と書き、町中の店でやっている仕事は、「ふすま」の組立てや張り替えなどが主なものである、ということを知っ

た。

親切で人のいいせっちゃんは、母に「おさらい会」で使いたい屏風を、一日だけ借りてきてくれないかと頼まれていたようであった。せっちゃんは舞台で使う小道具やレコード、それに母に頼まれて探してきてくれた金屏風を、オート三輪の荷台に無理やり積んできてくれたのだった。

屏風は今は小型のものだけれど、開くとけっこう大きなものになるから大丈夫、と母に言っていた。とはいえ高さが二メートルもあるので、オート三輪の荷台から上にまで帆かけ船のように大きく出っ張ってしまう。

我が家に来るまでは、全体を敷布のようなもので覆い、布紐でオート三輪の車体にしばりつけてきたが、やはり向かい風には弱く、異様なほどの低スピードでノロノロと、なんとか吹き飛ばされないようにたどりついたんです、と半分泣きそうな顔で言っていた。

我が家からは、ぼくと賢三君が荷台の両端に座って、屏風をしっかりおさえたので、そこそこのスピードが出せるようになった。弟の裕は、運転席のせっちゃんの隣にしゃがんでいくことになった。そのためにせっちゃんは、古いシートを座布団がわりに裕の席として敷いてくれていた。どうもまるっきり交通違反だらけのクルマになっていたが、

当時はその程度のことは誰も（つまり警察も）ぜんぜん問題にしていなかったのだ。

「おさらい会」の会場には、普段家で見慣れた着物を着たおばさんがいるほかに、参加者の誰かが連れてきたらしいその一族の数人がかたまっていて、ところどころに場違いなスーツ姿のおじさんがいたけれど、母とか死んだ父親とむかし商売でつながりがあった、というような、いずれも舞踊などとは関係ない、少し困ったような顔の人がバラバラにお膳の前に座っていた。

連絡の手紙を送り、出席の回答を得ていた人があまり来ていないのと、母のお弟子さんで当日いろんな役割のある人たちの姿が見えない、ということもわかってきた。したがって、どうやら母が予想していた大勢の人は集まりそうにもなく、どちらかといえば、日頃ぼくの家の練習用舞台でやっているのとたいして様子は変わらないように見えた。

八十席用意された大広間はいやに空席が目立った。それでも予定どおり「おさらい会」は始まり、母は晴れがましい席の筈なのに、いまにも泣きだしそうな顔をして、それでも気丈に最初の挨拶と初踊りというのが始まった。

集まった客は予定していた半分と少しぐらいで、確実にやってこなければいけない筈のお弟子さんの大きなグループと、その関係者がこぞって無断欠席しちまったらしい、

ということが次第にわかってきた。そのグループぐるみの欠席も、みんなで計画的に示しあわせたらしく、その首謀者はどうやら「やまもとさん」らしい、ということもだんだんわかってきた。

つぐぁ叔父に、「子供はもう外に行かんや」と言われて、ぼくたちは近所にある公園などで遊んでいて、おさらい会が終了になる頃にまた喜楽に戻り、持っていった荷物を回収する仕事を言いつけられた。時間になったので喜楽に戻ると、会場はなにやら殺伐とした雰囲気になっていた。

宴席では、料理にまったく手がつけられていないお膳が、三分の一ぐらいズラリとそのまま並んでいた。

「君らは昼飯食っていなかったんだろう。後でわかったけれど、みんなあのときは興奮しちゃって、君たち子供らの食う物の用意を忘れていたようなんだよ。だからなにか食いたいものがあったら、そこらのお膳からなんでもどんどん食べていいよ。どうせ残したって料金は払うんだからサ」

せっちゃんが言った。何時もと違って笑顔というものがなかった。

でもせっちゃんの言うように空腹のきわみにきていたので、ぼくはためしに全然手がつけられていないお膳のひとつに座り、まずは蓋のついたお茶碗のようなものを覗いて

みると、うまそうなダシとタマゴの匂いがした。全体が黄色いのでタマゴを使った料理であるのはわかる。ちょっと食べてみたら、これがまったく目を回したくなるくらいおいしいものだった。こういうときに「つくづくおいしい」と言うのだろうな、とぼくは完全なすきっ腹で考えていた。そいつはぼくがはじめて「茶碗蒸し」と遭遇した瞬間でもあったのだ。

　手つかずのお膳はいっぱいあった。天ぷらとか刺身などが豪華にのっている。ぼくはさっき食べたものがあまりにもうまかったので、同じようにまだ蓋をあけていないものをかたっぱしから探して歩いた。三、四十人前ぐらいのお膳は手つかずのようだった。ぼくは狩人のように、蓋付きの縦長の器を狙ってためらわずにずんずん食べていった。おいしいものを食べるときのジョンのように、喉をならしての連続一気食いだった。

ニワトリ鍋の夜

　毎日ずんずん遊び、ときどきぼんやりし、いつも夕食が待ち遠しい、というような、自分なりに規則ただしい日々を送っているうちに季節のほうもずんずん進み、ぼくは中学生になった。

　ぼくの住んでいる海岸べりにある町の中学で、家からの距離は小学校よりもずんと近くなっていて、そこの校庭はよく近所の友達と遊んでいる場所でもあった。

　中学校には近隣の複数の小学校から新入生がやってくる。どこも小さな隣町というようなところからだが、交通の便が悪く、殆どの生徒は歩いて三十分前後かけて登校してくるようだった。

　一番遠いのは屋敷という山の中の村から通学してくる生徒で、男子と女子一人ずつだった。山や田んぼ沿いの道をほぼ一時間かけて通ってくるという。名字は二人とも桑畑で名前が「信夫」と「花子」といった。名字は同じだけれど家族ではなく親戚ぐらいで

す、とぼくと同じクラスになった信夫は挨拶のときに言った。信夫と花子の住んでいる

村は三十戸ぐらいで、その八割ぐらいの家がみんな「桑畑」という名字なので、大人も

子供も名字は略し、名前だけで相手を呼ぶようになっているという。

花子は中学一年というにはとても小柄で、そんな小さな子が殆どひとけのない道を、

信夫と一緒とはいえ一時間も歩いて通ってくるということに驚いた。

武石という町からは四十人ぐらいの生徒が入ってきた。山のほうに三十分ぐらい歩い

ていった川沿いの集落だったけれど、街道沿いに「武石神社」という立派でそこそこ名

前の知られた神社があるので、ぼくの住んでいる海岸べりの町とははっきり気質も気性

も違い、町全体が「頑固」というイメージだった。

これら三地区からやってくる生徒がまぜこぜになってクラスは編成され、大体四十人

単位で五クラスになった。

ぼくの小学校からは二十人ほどがよその中学に入学していった。その頃にはまだ少な

い私立中学にわざわざ電車に乗って通う生徒がいた。

みんなそれぞれ事情があったのだろうが、通学時間が二、三分というところに住んで

いるぼくは、これで二十分は余計に寝坊できる、と喜んでいた。ただし注意しなければ

いけないのは、普段そこの校庭に遊びに行くときはいつも弟の裕や賢三君と一緒なので、

必ずジョンもついてくることだった。弟の裕は小学二年生になった。気になるのはいままでは賢三君と弟と三人で小学校に行っていたときに、あとを見送りにくるジョンだった。今度は裕は一人での登校になる。ぼくや賢三君が中学に行くのにジョンがあとをついてくるのを抑えても、ぼくたちとは別に家を出る裕のあとにずっとついていってしまいそうなことだった。

だから朝のその時間、ジョンは玄関にとじこめておくことになった。その役目は、日頃から何か考えることがいっぱいあるのだろうけれど、性格が基本的にのんびりしてて、自分でも「あたしはウッカリしているから」とよく言っている母だった。この役目はウッカリされると困るのだが、ぼくや弟が学校に行ったあと最低五分は玄関をあけてはいけないよ、というぼくの頼みを絶対確実に守るかどうかはわからなかった。

しばらく前に母が「おさらい会」でお師匠さんとして華々しく幕開きをしようとしたとき、お弟子さんの十数人が結託してそれをボイコットし、別の踊り教室をたちあげたのだが、その直後の母の怒りはすさまじく、一週間ほどは母が何か突飛な報復劇を起こさないか、長兄やつぐも叔父（おじ）がかなり真剣に注意してその怒りをとくに力を割いているのが、ぼくの目からもよくわかった。韓国にいる姉に長兄がくわしくその顛末（てんまつ）を手紙に書き、姉からそういうのはよくあることだからいまは我慢したほうが……、という趣

旨の手紙を書いてもらったほどだった。

春になり、その騒動の怒りの余韻もややおさまり、母の踊り教室には新弟子さんがやってくるようになり、また以前と同じくらいの賑わいに戻って、ようやくなんとか全体が落ちついてきている頃だった。

ぼくがいつもより頑（かたくな）にジョンのとじこめを母に頼んだのは、中学校の庭はジョンの日頃の遊び場であり、校庭は同時に近所の人の犬の散歩場であったからだ。当時は学校の校庭などは町の人みんなが勝手に出入りできるおおらかな風潮があった。とくにぼくが住んでいた海辺の町は、たとえば浜辺のそこそこの面積を、個人が自分のものに絶対できないように、浜辺も校庭も全部みんなのものだった。

そこへジョンが一匹でやってきても、ジョンの性格上喧嘩（けんか）ということにはならない筈（はず）で、もし相手の犬の機嫌が悪いときはジョンはさっさとほかの場所の探索に行ってしまう筈だった。

ぼくが心配していたのは逆に仲良くなってしまって、ジョンがそのあと一緒にその散歩犬とどこかに行ってしまうことだった。そういうときはまあ犬の散歩をしている人がなんとかしてくれるだろうし、たとえジョンがどこか知らないところになにかの都合で置き去りにされてしまっても、やがて確実に家に帰ってくる筈だった。

ぼくは一年A組だった。詰め襟の制服は着慣れていないとカラーが邪魔で、首を斜めにさせると痛いくらいだ。家で試しに着てその感触を確かめてみたが、気分としてはロボットになった感じだった。賢三君も同じ母屋の部屋でぼくと一緒に確かめていたが、「これは上を向いているほうが楽だよ」と思いがけない発見をした。やってみると下を向くよりはたしかに上を向いたほうが楽なようだったが、一番楽なのはまっすぐ前を向いて歩くことだった。

弟の裕はぼくと賢三君のそういう恰好を見て「戦争みたいだ」と言ったし、ジョンは縁側のむこうでうるさく吠えていた。ジョンの場合は自分だけ仲間外れにするな、という抗議であるのがよくわかった。

賢三君はC組で、そのバッジが襟の一方につけられており、なんだかぼくより立派に輝いているように見えた。

ぼくのクラスには同じ小学校の顔見知りが半分以上いたけれど、全然クラスが一緒ならず顔はよく見ていたけれど名前までは知らない、という男女がけっこういて、いくらか緊張した。でもよく見回すと昭一とカッチンの顔が見え、女生徒ではオタマさま、というあだ名の米屋の娘が目に入った。ときどき話はしたけれどオタマさまはぼくとは

反対にいつもキッパリしていて、ぼくには苦手なよく出来る子のうちに入っていた。

そんなわけだから、よその小学校からきた少数の生徒は顔つきだけでもみんな「しゃっちょこばって」いるように見えた。

担任は吉野和一という名の小柄な人で、クラスの男子の半分ぐらいは吉野先生よりも背が高かった。音楽が専科で小柄なわりには顔が大きく幅広く、長い髪の毛がベートーベンみたいだな、とぼくはまっさきに思った。

教室に入ってくるときはなんだか無理やり背中を後ろに反らしているように見え、もし先生もぼくたちのように詰め襟でカラーがついている服を着ていたら、あれは一番首への負担の少ない姿勢だな、とぼんやり考えていた。

教師はどうも厚い革のスリッパを履いているらしく、それをカッカッカッという感じで力強く床に打ちつけながら黒板の真ん中に立ち、さらに背筋をピンとさせた。

それからその姿勢のまま「じゃ、みんな着席」と言った。ドカドカと緊張の糸が一瞬でほどけたように、だらしない音をさせてみんな座る。小学校のときと違ってテーブルと椅子がくっついた一人用のものだった。なんとなく背の高さで配列されているようで、前のほうの席の生徒は男子も女子も小柄だった。

いつ背の高さを調べたのか不思議だったが、あとで入学前に学校に提出するいくつか

の質問票に身長、体重を書く欄があったと仲間の誰かが言っていたので理由がわかった。

ぼくは一番後ろの席で、縦も横も男女の区画わけはとくにないようだった。

「いまみなさんが座った席はザンテイテキなもので、明日からの授業でキミたちの意見も聞きながら都合のいいかたちにしていくつもりです」

吉野先生はハキハキした声でそう言った。それから額に少したれさがった髪の毛を片手でサラッとかきあげた。

「ワッ、やっぱりベートーベンだ！」

ぼくはその瞬間、心のなかで一人でコーフンした。それから吉野先生がいま言ったザンテイテキという言葉はどんな意味なんだろうか、と考えた。考えてもわからないことだった。

まっ、いいか、どうだって。

その次にそう勝手に思った。何がきっかけになったのかわからないけれど、その頃からなにかちょっと迷ったり困ったりしたときにぼくは、「まっいいか、どうだって」と思うようになっていた。

二人がいちどきに入学したのだから、この週末はお祝いにトリスキヤキにしよう、と

言いだしたのはつぐも叔父だった。

「お祝いはいいけど、そのトリはどこからどうするんだい」

と言ったのは母だった。金曜日の夕方で、その日は母の舞踊教室の舞台床の一部が軋むようになっていて、きょうじゃのせっちゃんが縁の下から床下にもぐり込み舞台下の土台などを調べおわったところで、全身土で真っ黒だった。そこに仕事を終えたつぐも叔父が帰ってきて、母に「トリスキヤキ」のことを嬉しそうな顔で言ったのだった。

縁の下にもぐっていたせっちゃんは勿論のこと、工場帰りのつぐも叔父も工場にあるシャワーを浴びずにきたのであちこち汚れている。ぼくと賢三君は役割になっているゴミ穴掘りを交代でやっていた。

どういうわけかジョンは家の庭に沢山のヒトがいると嬉しくてしょうがない、という感情をモロにあらわにして、必ずせわしなく庭中を走り回る、という不思議な癖がある。

「トリはこん家におるじゃなかや」

つぐも叔父が言った。

「ええ？　あのウチのニワトリを？」

母は驚いた顔になった。

「だってそれじゃ可哀相じゃない」

「こんころは大きかやつはタマゴをぜんぜん産まんやろ。もう大きかニワトリのやつは、タマゴの種が尽きとうとよ。そげなトリは絞めておかんと、まだ産めるトリのほうの害になるとばい」

つぐもの叔父は言った。たしかにこのところずっと大きなニワトリのタマゴはまるで産まれていなくて、小さなほうが数日おきに二、三個とれるだけだった。

「なんだかこれまでいっぱい頑張ってくれていたのに、可哀相だけどねえ」

母は言った。でも母はいつものように頭の切り替えが早かった。それでもう土曜日はそのトリが鍋になる様子だった。それからせっちゃんとつぐも叔父に、お風呂をわかしたからどっちからでもいいから汗を流しといで、とテキパキした口調で言った。

庭のゴミ穴には紙きれや瓶や缶類などは埋めないように言われていた。それを守っていれば、大体一カ月ぐらいで土に埋めた生ゴミなどは腐敗してあらかた土と同化していた。

ぼくと賢三君は、手分けしてその日四つの穴を掘った。そのうちのひとつは、大分前にすでにゴミを入れて土に戻ったあとのようだった。その穴掘りをしながら、入学したばかりの中学の話を互いにした。

ぼくはベートーベンの話をし、賢三君もまず担任の先生の話をした。

加藤という名で顔が角張っていて口がマミムメモの「ム」の形をしているんだ。賢三
君は言った。ぼくは頭のなかでそういう顔を想像してみる。

「それからABCのCをシーじゃなくてスィーって言うんだ」

「ふーん」

短いけれど賢三君の話は面白かった。

「この町を中心にして周辺のいろんな町の小学校から集まってきているけれど、ヘンな
奴やつはいなかった？」

「ウーン。ヘンな人はまだわからないけれど面白い人はいたなあ」

学年は同じだけど賢三君はぼくより体がひと回り小さい。だからよその町の弱い者い
じめみたいなのがいたら知っておきたい、と思ったのだ。でもまだみんな顔をあわせた
ばかりだから、なにかあるとしたらこれからだ。

「その面白い人ってどういうの？」

「ぼくの隣に座っていたんだけれど、ぼくはタマシイをよく見るんだ、君はタマシイを
見るかい、っていきなり聞いてきた」

「タマシイってあのヒトダマなんかのかい？」

「うん、どうもそうらしい。それからタマシイを見るコツを今度教えてあげるからさ、

って言うんだ」

「フーン。たしかに面白い人だね。小学校のときのクラスメートは?」

「十四、五人いた。なんだか家族みたいな気がするね」

本当にそうだなあ、とぼくは賢三君の話を聞きながら頷いた。

「ワッ」

と言って賢三君がややとびのいた。

足元をネコのハチが素早くとおりぬけたらしい、ということがすぐわかった。

「タマシイの話をしていたから驚いてしまった」

賢三君が少し恥ずかしそうにして言った。

「そうだよなあ。ハチは白いからなあ」

ぼくは言ってから本当にそうなんだろうか、と思った。まだタマシイを見ていないか

らぼくも確証はないし、賢三君も答えられない。

「おーい、ふたりともこっちにきてんやい」

つぐも叔父が廊下に腰を下ろしてぼくたちを呼んでいた。もうだいぶ風が冷たくなっ

ている。なにかの花の匂いがそのあたりに流れていた。庭の西端にある遅咲きのサクラ

の花の匂いだった。ぼくと賢三君がつぐも叔父のところに行くと、どういうわけかつぐ

も叔父は声を少し低めて、

「土曜日にトリを絞める相談ばするばい」

といきなり言った。

予想もしなかった話なので、ぼくは一瞬思考が停止したような気持ちになった。

「なんば、ぽーっと聞きようとや」

つぐも叔父が言った。

なんでも知っているつぐも叔父だから、要するになんでも頼れるけれど、そのとき聞いたニワトリの処理のしかたは、とてもわかりやすい方法だった。

「血をやたらとながさんごと、それとニワトリを苦しめんごと始末せんといかんばい」

ぼくたちはそれこそニワトリのように頭を前に出し首を伸ばして、その話を聞いていた。

土曜日の午後にきょうじゃのせっちゃんがやってきた。それを待っていたつぐも叔父は、挨拶もそこそこにみんなをつれてニワトリ小屋に行った。みんなというのはせっちゃんとぼくと賢三君だ。弟の裕にはその話をしていない。

つぐも叔父はニワトリ小屋に入っていった。人間が入っていくと小屋のなかにいる四

羽のニワトリは、どう対応していいかわからないように少し跳ねたり飛び上がったりして、全体がちょっとだけ騒々しくなる。いつもなら巣にあるタマゴを回収し、ニワトリ当番のぼくはそのあとかれらの餌を細長い餌箱のなかにできるだけ均等に入れる。

でもその日はぼくではなくつぐも叔父が、めざす雌ドリを羽の上からボロの風呂敷で包み込むようにして上手にとらえて小屋から出てきた。

ニワトリの雄と雌はシロウトではなかなか見分けられないが、つぐも叔父の言うところではトサカの色と大きさで簡単に区別できるそうだ。

つぐも叔父はそれから抱いてきたニワトリの首に、あらかじめ用意していた細紐をからめた。つぐも叔父が細紐を準備しているときからぼくと賢三君はずっと見ていたから、その紐でニワトリをシメルのだな、ということはだいたいわかっていた。

せっちゃんとはあらかじめ打ち合わせしていたようで、家の西角のところに首を細紐でまかれたトリをおいた。その段階ではニワトリは妙に落ちついているように見えた。

「じゃ、はよしてしまおうぜ」

つぐも叔父が言い、紐の一方の端を摑むと玄関のほうに行った。せっちゃんはもう一方の紐の端を持つと家の角から反対側のほうに歩いていった。家の角にニワトリが風呂敷をかぶせられ紐で首をまかれて吊るされているようになる。

賢三君が聞いた。

「ぼくたちはどうしたらいい?」

「そうやなー。おまえはせっちゃんのほうば紐を引くとば手伝いない。マコト君はおれのほうやね。まあ大人二人がやるとやけん、おまえらの手助けはそげんいらんとやけど、経験しとけばよかけんね」

つぐも叔父がそう言うと、家の角に吊り下げられた恰好になっているニワトリが、その意見に抵抗するようにちょっと羽をバサバサさせた。

ニワトリの解体はつぐも叔父が一人でやった。せっちゃんは仕事があるから夕方に自転車であらためてやってくる、と中古のオート三輪で帰っていった。ニワトリはまず羽根を毟らなければならない。つぐも叔父は母にお釜いっぱいの湯をわかしてくれ、と頼み、庭の端にタライをおいて、その準備をしていた。賢三君は「前に一度見たことがあるから」と言って、裕と庭で遊んでいたし、こういうのに興味があるのではないか、と思ったジョンもハチも意外なことにちっとも寄ってこなかった。なにか動物の本能的な危機感でもって、近づいてこないような気がした。

だから母がわかした釜一杯の湯はぼくとつぐも叔父が二人で慎重に庭においたタライ

に運んだ。それからちょうどいい温度にするために、つぐも叔父が水を同じ量ぐらい運び、「まだすこーし熱かごたる」と言いながらも気がせいているらしく、その中にニワトリをそっくりつけた。

「で、まあ十分ぐらいまでは湯でふかしとこ」つぐも叔父は言い、いくらかホッとしたように煙草に火をつけた。

「叔父さんは前にもこうしてニワトリを料理したことがあるんだね」

待ち時間にぼくは聞いた。

「うん、ニワトリだけじゃのうて、もっと大きか鳥も、小さか鳥もさばいたことあるばい」

「ふーん。なんでこういうお湯に入れるんだ?」

「鳥をさばくときはどげな鳥でも羽根が邪魔になるけん、それを抜くときゃ、こげんしてやると抜きやすうなって一番よかとよ」

つぐも叔父のところにいると、どんな場合でも思いがけなく面白い話を聞くことができる。そのうち頃合いを見て、つぐも叔父はおもむろにニワトリの両方の羽の根元を出刃包丁で切り取って、ぼくに差し出し「これば、そこの石の上においときゃい」と言った。そう言いながらもう胴体の羽根をあいた片手でどんどん毟っている。もの凄く頑強

に見えたニワトリの羽根が、ズボズボ毟りとられていくのを、ぼくは驚きと感動をまぜ
ながら見ていた。

「マコトもちょこっとやってみるや?」

ぼくは返事をするのももどかしい気分で、つぐも叔父の真似をした。でもコツがある
らしく、つぐも叔父が軽快にやっているようには抜けなかった。

「あれは抜きやすか方向があるとよ。コトバで説明するよりも何回かやってみらんとな
かなかむつかしけんね」

本当にそのとおりだな、とぼくは思った。つぐも叔父のやることはなんでも面白かっ
た。

「トリ鍋はスキヤキと同じごとやればよかけん」とつぐも叔父は言っていたが、母は、
「そうはいってもはじめてなんだから、何をほかに用意すればいいかわからない、あん
たがやって」

と言って、母はそのほかの台所仕事に専念することになった。ぼくは流しでニワトリ
を解体する一部始終を見ていた。腹をひらいていらない内臓を捨てる。食べておいしい
肉は手羽と胸のあたりらしいと知った。

「骨も肝臓も腎臓もみんなうまかね。ほう、だいぶばあさんになったと思うとったけど、

調子がよかったらもう二十個ぐらいタマゴを産めたかもしれんばい」
そう言ってつぐも叔父は、小さなブドウの房のようなものを手のひらにのせて見せて
くれた。それがやがてタマゴになっていくんだと、つぐも叔父は額のあたりに汗の粒を
つくりながら早い口調でそう言った。

いくつかの事件

　中学生になって何が変わったかというと、それまで放課後になると毎日のように遊んでいた同じクラスの遊び仲間、マサルやカッチン、昭一などと、以前ほど頻繁に、みんなで海や川などへのタンケンに行けなくなってしまったことだった。

　もちろん中学生になっているんだから、ジョンを連れてぼくだけでそれらの場所に行くことはできたけれど、なんとなく「思い」は互いに通じ合っているといっても、やはり「イヌ語とヒト語」の交信はかぎりなく難しく、どうしてもぼくのほうが口数が多くなり、何の前触れもなくいきなり無念、という気分になる。

　ジョンのほうは思いがけなく、いつもよりずっと遠くに行けるのだから嬉しいに決まっていて、たいていぼくより二十メートルぐらい先を、ジョンが嬉しいときに決まってやる少し腰を高くして跳ぶ裕の言う「おしりピョンピョン飛び」で先導していく。

　でも慣れていない道だからどこか不安なのだろう。　曲がり道など十五メートルほど先

に行ってしまうと、立ち止まってぼくがちゃんと自分のあとについてくるのか確かめて
いた。

もうひとつそれにともなって変わってきたのは、ネコのハチがぼくとジョンのあとを
追って一緒についてこようとすることだった。

犬とネコの二匹を連れていくのはちょっと心配だから、そういうときは弟の裕や賢三
君に、しばらくハチを抱いていてもらって勝手についてこられなくする必要があった。

やったことはなかったけれど、そのままにしてもたぶんハチは自分のわかっている道
ぐらいまでついてきて、そのあたりでぼくとジョンの行く先を見送ってくれるだけの、の
ような気がしたが、そうでなかった場合はちょっと困る。

頭のなかに、せんだってボールド山のなだらかな斜面で、大きな獰猛そうな犬がクサ
リをつけた戦車みたいにドカドカ下ってきて、ぼくがジョンに引く綱をつけずに散歩さ
せているのを叱りつけていた太ったオヤジのことが頭に浮かんだ。

だからジョンと散歩するときはボールド山とはまったく逆になる、東のほうへ行くよ
うにした。そっちには海と同じように仲間たちと頻繁に遊びに行った花見川がある。そ
こも近所の人の犬の散歩道になっていたが、半分ぐらいの人はぼくと同じように犬に綱
やクサリをつけずに自由にさせている姿が多かったので気は楽だった。

けれどジョンと行くのではやはり「散歩」の枠から飛び出すことはできず、川の左右に人間がやっと登れるかどうかという角度の急な斜面などに、昭一やカッチンなどとやっていたようにずんずん登っていくことはためらわれた。やらせてみればきっと人間より足の数が多いぶん、ジョンのほうがぼくたちよりもよほど確実にずんずん登っていってしまうような気がしたのだけれど、ジョンは道から外れて山林などに入ると先に進んでいくのをあきらかにためらうようなしぐさをするものだから、ぼくもジョンを強引に「タンケン犬」にするのはやめていた。これでぼくの友達や裕などが一緒にいたのなら、たぶんもう少し積極的になって、もしかするとはじめて行くところでも先頭にたってずんずん進んでいくのだろうなという思いもあり、気がむいたときにみんなと遊びにこられなくなってしまったこの頃を改めて悔しく思うのだった。

それからもうひとつ別のことで心配だったのは、通称「のしかかり」と呼ばれている高さ百メートルぐらいの赤土山に、ムジナとかマムシが棲んでいるという噂で、ときどき鼠（ねずみ）や山鳥の雛（ひな）などを襲っている、と聞いていたのも大きい不安だった。

犬とムジナだったら犬のほうが優位のような気がしたが、場所の慣れ、ということを考えるとジョンにいきなりそんな無理をさせないほうがいいだろうな、という思いと、いっそのこというところでジョンに好きなように走り回らせて、野生の本能を目覚

めさせたい、という思いもあってぼくの気持ちはなかなか難しかった。

いろんなふうに迷いながら、結局ぼくはそこらに住んでいる人の犬の散歩と同じよう

に、いったん隣町に通じる橋を渡り、検見川町側の川沿いの道を行くことにした。あま

りフクザツな話ができない犬と散歩していると、頭のなかではいろいろな思いがぐるぐ

る回っているようで、その橋の上でだいぶ以前に「豆腐屋のせっちゃん」に出あってほ

くの姉の夏子が結婚するらしい、ということを聞いたことを思いだした。姉は韓国に渡

ってから、けっこう忙しいらしく、ときどき母のところに韓国菓子とともに手紙がくる

くらいになっていた。

そんなことを思いだしていると、その当時は今の「経師屋のせっちゃん」ではなく

「豆腐屋のせっちゃん」だったことに気がついた。まだ仮橋で丸太を何本も並べたよう

なゴツゴツした橋の上を、いかにも重そうに自転車を牽いてやってきたせっちゃんの商

売はいったいどっちなのだろう？　という疑問が湧いた。そんなふうにぼんやりしてい

るぼくをいましめるように、とうに橋を渡ってしまったジョンがぼくにむかって「ワ

ン！」と恰好よく吠えていることに気がついた。

その橋を渡ったところからは検見川の町で、ぼくが住んでいる町の人とはどことなく

敵対関係にある、ということを以前から聞いていた。そのおおもとは沿岸漁師同士の漁

場争いだったらしく、争いそのものはずっとむかしのことなのだけれど、住民感情はい
までも地元の歴史に基づいて残っており、それは子供にまで伝わっていた。

検見川のほうの土手に渡ると、釣りをしている人が多いのに気がついた。川の流れや
海からの上げ潮の変化によって、よく釣れる岸辺はいろいろに変わるらしい。ぼくもカ
ッチンたちとよく釣りに行ったがそれはもっと河口で、竿を出すとハゼやボラなどがど
うしようもなく釣れたりした。

気がつかなかったが、橋のたもとにタオルハチマキをして色の黒いおじさんが座って
竿を出しており「こらあ。犬を鳴かすな！」とけっこう大きな声で言ったので驚いてし
まった。

ボールド山に行っても川に行っても、オヤジというのは常にえばっているものらしい。
犬を鳴かすな、と言ったって、たった一回「ワン」と吠えただけなのになんと神経質
で煩いおっさんだろう、と思った。

「あのおっさんちっとも釣れないからイライラしていたんだろうな。もっと海のほうに
行けばいいのになあ」

とぼくはジョンに言った。どのくらい通じたかわからないけれど、ジョンは自分がい
まぼくに何か言われたな、ということはわかっているらしく嬉しそうにシッポを振って

いた。

いろいろなことを考えてぼくはいま渡ってきた橋をすぐ戻ることにした。ジョンもいっぱしに丸太を並べた橋を小さくコトコトいわせながら従順にぼくのあとについてきた。

その週はいろいろなことがおきた。一番のビッグニュースは、長兄の婚約が正式に決まったことであった。

少し前に見合いしてそれからしばらく後、両者の仲人が両人の意向を伝えあい、無事成立、というとてもまっとうな手順を踏んでの婚約だったから、つぐも叔父（おじ）をはじめ、今は豆腐屋から経師屋になっているせっちゃん、それに母の弟子筋でとくに親しい人などが集まって、ぼくの家での「内祝い」の宴（うたげ）が行われた。婿（むこ）のほうの「内祝い」なので婚約者は顔を見せない。

「なんだ。初々しい花嫁さんの顔を拝めるとばかり思って、一張羅のスーツまで着てきたのによう」

せっちゃんはその夜の宴の顔ぶれを見て、そんなふうに文句を言っていた。

「内祝い、というのはそんなもんと決まってるんだわ。お客さんをたくさん呼んで大騒ぎするのが本祝い。そんなしきたりも知らないで大人になったのかね。だいたいあんた

が背広着て気取ってきたって、夏のミミズが踏まれないように上見上げてクネクネしている具合だわよ。それにしてもあんたがスーツ着ると、まるで七五三のおっさんみたいよ」

その日ひさしぶりに嬉しそうでいつもの元気をそっくり取り戻していた母が、深川のお客様の一人なのだとはまるで思っていないようだった。

妹みたいなポンポンした江戸前口調でそんなことを言っていた。母はせっちゃんをお客

長兄はいつにも増して生真面目に緊張し、もう少し気合をいれなさい、と母に強引に飲まされた宴席前の冷や酒に早くも顔を赤くしていた。

「文彦さんもいつんまにか三十二歳になっとんたや。いつまんでん学徒出陣で生きて帰ってきた若兄やんと思うとったばってん、はよう嫁をもろうてもよか歳になっとうけん、これりゃ嬉しか酒やなー」

つぐも叔父が背中を反り返すようにして、つくづく嬉しそうに言った。

「ほんとに苦労続きやったけんなあ」

宴に呼ばれたひとがそれぞれ手土産に持ってきてくれた御馳走が、客間のテーブルの上に次々におかれ、それを狙ってぼくと賢三君と裕、それにちゃっかりネコのハチもテーブルのまわりにしがみつき様子をうかがっている。もっともネコのハチはテーブルの

上までは覗けないから、錯綜したそのうまそうな匂いにコーフンしているのだろう。

もう夜の風が冷たくなってきているので、閉め切った板戸のむこうで、「可哀相にジョンは居場所を無くしているようだ。このような宴席で居てほしいけれど顔を見せないのは、韓国にいる姉の夏子と次兄のタカシだった。

「あん二人にゃこんこつを早う知らせないかんばい」つぐも叔父が言った。

「夏子にはハナシが決まってすぐに連絡したけれど、タカシはむこうから手紙でもこないかぎり連絡のしようがないのよ」

やや複雑な顔をして母が言った。

さてそろそろ大人たちは乾杯をしよう、という時間になってタイミングよく大工のキヨタさんがやってきた。この家を建てるときの棟梁で、そのあとにもいろんなこまかいことでずいぶんお世話になっている。

キヨタさんとはずいぶん変わった呼び名だが、室石京太郎という役者みたいな立派な名前があるのだけれど、弟子もまわりの人もみんなキヨタさんと呼んでいる。たぶんキョウタロウをちぢめて呼んでいるのだろう。ぼくの家のまわりの人々もみんなそう呼んでいる。

キヨタさんはいつもはいている七分丈のパッチと呼ばれる仕事着の上に、あちこち陽

にやけた印半纏を羽織って、片手に桶を持っていた。

「いやどうも、お揃いのみなさんひさしぶりで。それでもって本当におめでとうございます。今夜のお呼ばれ嬉しかったですよ。コレぼくの知り合いから今し方貰ったもので……」

と、ニコニコではなく我が家ではもっぱら「ニカニカ笑い」と呼んでいる金歯銀歯を光らせたお獅子みたいに賑やかな笑い顔で言った。そのお獅子顔が自分のことを「ぼく」と言っているのが妙におかしかった。キョタさんのところの会計事務は父の頃からやっていて、それはいまそっくり長兄が継いでいた。

キョタさんが持ってきた桶には、まだ生きているような新鮮な魚が七、八尾入っていた。

「キョタさん。あたしこの魚、はじめて見るわ。カレイに似ているけれど、このへんでは見ないわね」

母が言った。

まわりにいた人たちが「どれどれ」という感じでみんなで覗きこむ。

「これをくれたのは船橋の市場にいる奴なんだけど、カレイの変わりもんだ、と言っていたよ。食えばうまいらしい」

「わはは。懐かしかー。これはくさ゛くつんぞこ゛ちゅうて、九州じゃ干潟になる海で
モリで簡単に突けるけん、だれでん自分でとってきておかずにするとよ」

つぐも叔父が喜びに満ちた声で言った。

「くつんぞこ？　ですか」

長兄が不思議そうに聞く。

「ほら、靴の底に敷いとる足のムレばふせぐようなものがあるやろ、あれに似とるけん
そげん呼ばれよると」

「本当だ。我は靴の底みたいなカレイかい」せっちゃんがやっぱり笑いながら言う。

「どうやって料理してたの？」

母が聞く。

「いろんなやりかたがあるとやけど、こんまま洗うて粉をつけてフライパンで油で焼け
ばよか。まあ身が薄かけん食ばあっという間やけどね。ばってんおれにゃ懐かしか味
ばい」

つぐも叔父は自信に満ちた顔でそう言った。その料理は母の妹が担当することになり、
大人たちはみんなで乾杯の続きに入った。

全員の声がいちどきに聞こえてびっくりしたのか、外でジョンが軽く吠えているのが

聞こえる。

「いいなあ。あたらしい嫁さんかあ。嫁入りしてきたらこのうちがポッとこう、あっちこっち明るくなるだろうなあ」

せっちゃんが言った。

「どんな顔したべっぴんさんなのか見せてくれよ。写真かなにかあるだろう。見合いの前に写真を互いに交わしあったりするんだろう」キョタさんが言った。

「そうだ。こういう祝いの晩には、そのくらい見せてくれよ」

「そうだわね」母が立ち上がり整理ダンスの一番上の引き出しから、ノートぐらいの大きさの厚紙を引っ張りだしてきた。

「わあ。いきなりそういうのよしてくださいよ」

長兄が両手を顔の前で交差させてバッテンを作りながらそう言った。

「もうこうなったら何も隠すことはないだろう。そのうち本人がやってくるんだもの」

みんな容赦なかった。

厚紙の表紙を開くと、そこに割合大きな写真が入っているようだった。

最初に手にしたせっちゃんが「わあ！」などと小さく叫んでいる。

「こりゃべっぴんさんだ。この顔、誰かに似ているな。なんとかいう映画女優だよ」

隣に座っていたキヨタさんがひったくるようにそれを手にする。

「ほんとだ。高峰三枝子の若い頃にそっくりだ」

「そりゃすごかー。大当たりやなー」

ぼくも見たかったが大人たちが断然先のようだった。

ぼくの家の隣はかなり広い畑になっていて、季節ごとにそこで育てる作物がいろいろ変わり、作物の種類によって畑の畝々にそれにあった肥料がまかれる。ときおり広範囲に堆肥がまかれ、それがどこか別のところに溜めて腐敗させた人糞のときがあった。範囲が広いのでそれがまかれると猛烈に臭かった。毎日その臭いをかがされるので、住んでいる者は慣れてくるが、最低でも一週間はその臭気があたりいちめんにただよっていた。

その頃は町の家々の中に畑があって、だいたいどこも同じ時期に人糞の堆肥をまくので、もしかするとその時期、町そのものがそんな臭いに包まれていたのかもしれない。やがてやってくるだろう兄のお嫁さんがそういう時期にぶつかってしまったら一大事ではないか、とぼくはふいに気がつき、「こうしてはいられない」と思わず立ち上がってしまいたい気分になったが、でも立ち上がってもどうしようもないことにすぐ気がつ

いた。

そういう異臭をふりまくのを詫びるつもりなのか、かぼちゃやマクワウリなどの作物を隣近所にわけてくれた。これらがあの肥料で育ったものなのか、などと考えると少しだけたじろいだが、八百屋で売っているそういうものもみんな同じ過程を辿って生長しているのだから気にしてもしょうがない、という気持ちになった。

もう一方の隣の家は長いこと農業倉庫になっていたのだが、四、五人の家族が住まい用に内側を改装していた。そしてそこは同時に小さな飴を作る町工場のようになった。芋が産地なので作っているのは「芋飴」で、それも工場主の奥さんがいつも異臭を流していてすいません、と言いながら完成した芋飴を袋に入れて持ってきてくれた。

芋飴を煮るときの臭いは空気が多少あまったるいようになるだけで、同じ臭いでも畑からのものとはだいぶ質が違っていたが、少しして煙突から大量の火の粉が出て、ぼくの家の塀の一部が焼けてしまったことがある。ボヤまでいかないうちに両家で消し止められたのがなによりだった。

そのときはブリキ製の丈の低い煙突だったので、飴屋さんはそのあと見るからにもっと頑丈で太い煙突に替えたが、そうなると風の強い日などは、煙突全体がぐらぐら動い

ているのが見えてかえって恐ろしかった。

飴屋さんもそれに気がついて、その太い煙突をワイヤーで四方八方から支えるようにした。どうも飴を煮詰める竈がぼくの家のほうに斜めにかしいで突っ立っていた。だから四方八方といいながら、煙突もぼくの家のほうにはワイヤーが張れないのだった。あるとき飴屋の夫婦がやってきて、ぼくの家の庭にその煙突を支えるワイヤーを庭に二カ所ほど張らしてくれないか、と菓子など持って頼みにきたらしい。

もともと人づきあいのいいぼくの母親はすぐに了解し、飴屋騒動はあまり大事にはならずに落ちついた。

でもそういう予期しない小さな事件というのはあんがい立て続けに起きるもので、今度は家の玄関脇においてある防火用水桶の中にネコのハチが落ちてしまい、もがいているところをちょうどうまい具合にやってきた母の踊りのお弟子さんが見つけ、みんなで救いだす、という騒動が起きた。

その用水桶は「桶」とは呼んでいたものの、風呂より少し大きめなコンクリート製で前面のタイルに一文字ずつ我が家の名前を書いて塗りこんであるという大袈裟なもので、もともとはぼくの生まれた世田谷の三軒茶屋でしつらえたものだったらしい。それが千

葉県の酒々井まで運ばれ、いまの幕張まで持ってきた、という年代もので、なんとなく一家の守り神みたいな存在にもなっていた。

酒々井に半年ほど疎開のように引っ越していたときは門の横に置かれていたので、四歳ぐらいのぼくは、その用水桶からすぐそばに生えていた紅葉の木にしがみついて昇り降りしていた懐かしいものだった。

水浸しになったハチはタオルで全身を拭われながら、ときどきピイピイとキューピーさんのように鳴いていたのを、と助け出してくれたお弟子さんがぼくに教えてくれた。

ぼくはハチに「もうここには絶対乗るんじゃないんだよ」と強く言った。ジョンと違ってハチがどのくらい理解したかわからなかったので、つぐも叔父が帰ってきたらその用水桶の上に全面的に厚板を敷いてもらうことにした。

三つめの事件は、そのつぐも叔父に関するものだった。事件というほどのことでもなかったが、いつもよりだいぶ遅くにグデングデンに酔って帰ってきたのだ。

つぐも叔父は九州に長くいたから、というわけでもないのだろうが、お酒にはめっぽう強く、家の宴会などでもいくら飲んでも言葉ひとつ乱れることはなかった。

そういう人が外で飲んで、足元もおぼつかなくなるなんて想像もできなかった。

母と帰宅していた長兄が、つぐも叔父に何があったのか聞いていたが、身についた九

州の言葉で誰かを罵倒するようなことを言いつつ、やがてコテンと静かになってしまっ
たようだ。

そのときつぐも叔父が酔って言う言葉のなかには、「あのやろうなぐり殺してやる」
などという物騒な内容のものもあったので、その日は心配で、ぼくがつぐも叔父の寝て
いる部屋に行って一緒に寝ることになった。でも思えば、ぼくぐらいのがそばにいても、
全身筋肉だらけのつぐも叔父が何かの仕返しに外に出て行くのに気がついても、とても
止めることなどできなかっただろう。

幸いその日はそれ以上何事もなく、翌日は日曜日だったので、長兄も事務所に行くこ
とがなかったから、昼頃に母と兄とつぐも叔父の三人で何か低い声で一時間ほど話をし
ていた。

はっきりとはわからなかったが、つぐも叔父があれほど泥酔したのは、泥棒の嫌疑が
かかって貝灰工場の親方や幹部たちに大分ひどいことを言われたコトがきっかけらしい。

貝灰工場は、二階の階段下にアルミのパイプや真鍮のコイルなどがだいぶ置いてあ
るのだが、それがそっくり盗まれたのだという。そこに入るには広い幅のあるスロープ
をいったん二階に上がって、そこから持ち出してくるしか方法はなく、犯人は内部の者
に違いない、という見当をつけているというのである。けれどつぐも叔父は、いくら金

に困ってもそんな恩知らずのことをするわけがない、ということは家族みんなが知って
いたが、工場のほうの人々はそういう真の人柄のことまではわからない。
なんでも貝灰工場に、これこれこんな人が工場が終わったあとにやってきて怪しい動
きをしていた、というタレコミがあったというのだ。その唯一の証拠は貝灰工場の男衆
が着る印半纏を着ていたというのである。
つぐも叔父は、自分にはまったくかかわりのないことだ、と激しく強く言ったのだが、
そう思いこんでしまっている人々にはまったく通用せず、来週のうちに警察に一緒に行
ってもらう、と言われたらしい。同時にその工場もクビだという。つぐも叔父はその帰
りに、普段めったに寄ったことのない町の飲み屋で、だいぶ大量の焼酎を飲んで帰宅し
たらしい。
その話を聞いて、ぼくにはピンとくるものがあった。つぐも叔父は誰かに陥れられた
のに違いない。その誰かの見当はおおよそついていたが、やたらに大人に話をしても聞
きいれてくれないだろう、ということもおおよそわかっていたので、今度、自分で心あたりの人
物を見つけに行こう、と思ったのだった。

屋根の上探検隊

　季節がどんどん進み、学校では運動会などの練習が始まった。先生は、はじめて中学での運動会を迎える一年生に、小学校のそれとはいろいろ内容が違っていることを説明した。まず中学になると運動会とは言わず「体育祭」と呼称が変わる。

　小学校のときには必ずあった、低学年の生徒が校庭いっぱいに広がってくりひろげる「お遊戯」的なものは一切なくなり、一年生からどの種目も走ったり跳んだりの競技が増えていた。大勢でやる組体操は息を合わせた協調がないとなかなか難しく、どうしてもそれぞれのチームが時間外に練習しなければならないような種目もあった。それらは体育の授業と放課後の双方の時間を使って行われたが、体格と体力の個人差なんていうのも、そういう練習によってはじめて全体で意識するようになった。

　増田という体育の教師は各クラスが自主的にその練習をやっていると、けっこう真剣な顔つきをして、

「後ろからみるとまだ相当フラついているなあ。台風のときの壊れた塀みたいだ。左右から引っ張る力、あるいはバランスのとりかたを工夫しないとそうなる。グラグラしないように様子を見ながら体格的に組みやすいように、左右の人を取り替えていくとうまくいく場合があるよ」

と言い慣れた口調でテキパキと指導し、その成果も見ずに、次のクラスの練習の指導に慌ただしく立ち去っていった。

「これは、最初に言われたように、左右の人の身長や体重などをもう一度ちゃんと揃えたほうがいいみたいだね。とくに重要になるのは真ん中の芯になる人だよ」

ぼくのクラスで最初から一番テキパキした喋り方をする尾羽が言った。尾羽は真ん中へんにいたぼくとその隣の大石のそばにやってきて「二人は丁度同じくらいの体格なんだねえ。だからどちらが中央に立ったとしてももう一人の中央候補の人のいる側にバランスが片寄ってしまう、というわけだ」

「それじゃよう。おれたちだけ中央の芯を二人にしたらどうなんだろうか」

バス路線しかない山側の町から通ってきている色の黒い、いやに低い声で喋る坊主頭が言った。そこにいる全体の生徒が一様に言葉少なだったから、そうしてどんどん喋る奴が自然にリーダーシップをとっていく。

「二人で、っていうと一番背の高い二人が真ん中で手を繋ぎ、左右対称にナナメにかしぐわけね。だったら二人が中央でがっしり止めたほうがカッコいいわよ」

さっきからそばで見ていた杉山妙子が言った。杉山は四年生のときに転校してきた生徒で小学校ではぼくのクラスだった。いつも気後れなくテキパキ喋るし、きれいな顔をしているというので最初から目立っていた。

女子らはその組体操に合わせて、校庭全体をくるくる回るような不思議な役割を演じるので、バランスよく止まっていれば動かず崩れず、ずっとそのままの「かたち」で我慢している男子よりも楽なような気がした。

その杉山の意見が取り入れられて、ぼくと同じく中心になる大石という無口な男同士腕を組んで、それぞれ対称的にナナメにかしいだ。そうやると大きな扇は中心部分がVの字を描くように割れてしまうことになるが、とにかくそのようにやると、なるほどさっきよりも楽に「かたち」が整うようだった。でもその反対に左右にだんだん小柄になっていく生徒は中腰から片肘つき、という具合に低くなっていくので、同じ恰好を続けるのはけっこう辛い、という意見がでた。

「一番辛いのは斜めになっていく途中の中腰になっているあたりだから、えーとそれはぼくたちのコトだけどさあ」

かなり太っているそいつが言うとみんなが笑った。

「ああ、本当に見ていてそれわかるよ」

尾羽が言った。

「そのあたりにいる人は、足を前後に出してもいいようにしたらどうだろう」

さっきのふとっちょが言った。

「うん、先生は全体が扇の形になればいい、と言ったので、それでかまわないような気がするな」

尾羽はすっかり指導者の顔つきになって、自分はその組み立てには入らず、少し離れたところから全体のバランスを見ていた。

「やっぱり真ん中の二人ががっしりしていることがポイントだな。そう左のキミ、ええと何て名前だっけ。まだすっかり覚えてなくてごめん」

どうもぼくが言われたようだった。

ぼくがわかったという合図にそいつの顔を見ると、

「キミは下を向かずに、もっと思いきり空の方向を見たほうがいい。そう、隣の大石君も同じね」

二人がそのようにすると、

「うん、これで完成だな。とても美しいよ」

尾羽は言った。

誰がどうというわけではないが、なんとなくみんなホッとした空気がひろがった。そうではあっても、一人その枠外に出て監督然として外を歩き回っている尾羽は、体育祭本番のときにどうするつもりなのだろうか、というどうでもいいことが何時までも気になった。

体育祭はこのほかはみんな個人競技だった。お決まりの徒競走は百メートルと八百メートルがあったが、これは自薦他薦の自由参加だった。八百メートルの競走なんて走ったことはなかったので参加したが、思っていたよりも苦しかった。練習を重ねなければむずかしい、ということがわかった。

午前中の「看板レース」は遊戯性の高い一年から三年までの選抜が出る「借り物競走」で、それから弁当になる。

小学校のときと違って生徒はみんな教室に入って、何時ものように黒板にむかって食べる、というヘンテツもないことになっていた。もしその日、空が抜けるように広く高い秋の黄金のような日だったら、教師らはなんと思うのだろうか。体育祭は一週間先に迫っていた。

金曜日の夕方、いきなり次兄のタカシが帰ってきた。タカシは漢字では祟と書く。ぼくより六歳上。もう大学生になっていたものの相変わらず家には寄りつかず、完全な家出そのものだったが、なぜか長兄や母はそのことを注意したり叱責することはなかった。

さしたる挨拶もない「ご帰還」（姉がよくそう言っていた）だったが、母も長兄もいつもと変わらず、その日もすごく当たり前に迎えているのが不思議だった。タカシは痩せて背がひょろ長く、その日はいつもと違って長い髪の毛の片一方を横に垂らして少し蒼い顔色をしていた。タカシは自宅から一時間以内のどこかに住んでいる筈だったが、もともと弟など歯牙にもかけないかなり変わった性格だったから、玄関で久しぶりに顔を合わせても、正面からぼくの顔を見ることはなかった。だから「コンチワ、しばらく」というぼくの挨拶も軽く無視された。でもそれはいつものことだった。

その当時のぼくは気がつかなかったが、母の表現からすれば「腫れ物にさわる」くらい、その扱いに気をつかっているようであった。

タカシは母に言われて仏壇の父の遺影にむかって、通常ぼくたちがやるおざなりのものとはやっぱり随分違う、大人の落ちつきかたで長いこと手を合わせていた。

部屋の隅でその様子を見ていたぼくは、兄のボソボソした声の端から、「親不孝ばか

りしてしまいまして……」という言葉が漏れたのを聞いた気がした。

なにか彼のなかの心理的負担になんとか納めどころを得たのか、仏壇から向き直った

兄の顔は、先程よりいくらか人間の血がかよっているように見えた。その証拠にやっと

ぼくの顔を部屋の隅に見つけ、「うまくやってるかあ」と唐突に言った。ぼくは少し慌

てていたみたいで声にならない返事をした。

それから兄は茶の間に行って母と向かいあい、再びボソボソした声になってなにか込

み入った話をしているようだった。

そういう場にはぼくは入らないほうがいい、と瞬間的に感じたので、気持ちを入れ替

えて庭に出た。弟の裕がハチを家来のように連れて庭を歩き回っていた。

裕はぼくの顔を見ると、

「あのね、ひとつなぞなぞを見つけた」

と、ふっくらした声で言った。裕は他の兄弟と違って珍しく頬がふっくらしていて、

親戚のおじさんなどに「これはめでたいぞ。七福神の誰だれに似ているぞ」などとよく

言われていた。

しかしそれが七福神のうちの誰なのかいまだにわからずじまいだった。

「なぞなぞ？　言ってごらん」

ぼくは言った。

「えー第一問。ネコのハチはミミズが嫌いでしょうか」

もう裕は質問のなかで答えを言っているようなものだった。

「うーん。難しい質問だなあ。えーと、ハチはミミズが嫌いです」

「はい。正解です」

裕が丸っこい顔で残念そうに言った。

その場所からぼくは家の屋根を眺めた。屋根はぼくが生まれてはじめてタンケンした場所だった。押し入れの上の段に昇り、天板の一方を持ちあげると天井裏に出られる、ということをタカシが発見した頃だった。

まだ小さかったぼくはタカシにお尻を持ちあげてもらい天井裏に入った。当初予想したのと違って天井裏はけっこう明るかった。

地上で見るのと違って外の光がするどい直線を描いて斜めに差し込んでおり、場所によっていくつかの束になっていたけれど、それらはみんなキッパリ同じ方向に同じ角度に差し込んでいた。

ぼくがもう少し大きかったら、「いきなりの異次元風景」なんて生意気な表現をしただろうけれど、幼児に近い年頃のぼくには不思議な世界をうっかり覗（のぞ）み見してしまった、

という不安まじりの感慨があった。

ぼくは適切な言葉を失い何か兄に聞いたのだが、その内容は覚えていない。

「ここには誰も住んでいないの？」

せいぜいそのくらいのことを聞いていたのだろう。

そして兄は「ねずみぐらいかな」というぐらいは答えたのかもしれないが、ぼくが怖がるといけないと思って別のことを言った可能性もある。

それから何年かして、ぼくの記憶のなかでは、兄が一番元気だった頃、屋根裏ではなく屋根のそのものに、兄と登ったことがあった。それまでも兄はたびたび屋根に登っており、腰に玩具の拳銃などをぶらさげ、「ここはリオグランデという、当時は土地の名なのか人のはっきり覚えている。そのひとことでリオグランデという、当時は土地の名なのか人の名なのか兄のでまかせなのか、まるでわからない言葉を覚えてしまったのだから、兄の影響力というのは大きいものなのだろう。

そうして二人でなるべく屋根の勾配にそって腹這いになり、むこうの通りを先住民の一群が砂埃をあげながら走り抜けていくところを想像した。

瓦屋根のてっぺんには丸い長蓋のような水をはじく瓦が並んでいて、それはセメントでとめてはなかったので、ところどころ持ちあげて剥がすことができた。そのうちの

くつかには、孵化したばかりのうずら豆ぐらいのスズメの雛がいたりしてびっくりした。
そんなふうにして兄が一緒にいる頃は、ぼくは兄の探検隊の一員としていろいろくっつ
いていけるのが嬉しかった。

久しぶりに兄が帰ってきたことによって、当時のそんなことを思いだしているうちに、
外の空気は少し寒くなっていた。

つぐも叔父も帰り、家は久しぶりに大人が一人増えたけれど長兄の文彦は帰りが遅く、
めったに酒を飲まないので、期待したような、笑い顔の溢れる賑やかな食卓にはならな
かった。

母はその日のために、タカシの大好物の五目混ぜごはんを沢山作った。タカシはつぐ
も叔父の最近の仕事のことについて質問していたが、つぐも叔父はいまは失業して先ゆ
きの知れない日当労働に出ているので、気の毒なほど返答には力の余力がなかった。
食事がすむと子供たちは庭の家作にほうりだされたので、ジョンやハチが喜ぶ番だっ
た。

事件は真夜中におきた。ぼくはそのままつぐも叔父のところで寝てしまったので気が

つくのは遅かったのだが、母屋にいた者は母の半狂乱の声で起こされたのだろう。

タカシがたいへんなんだ、と母のカナキリ声はそう言っていた。「早く医者を、医者を」続いてそう叫んでいた。

母屋に駆け込んでみると、もの凄いいびきが聞こえた。母の踊りの舞台にタカシの布団は敷かれていて、明るい電灯がついていた。タカシは敷布団から上半身をいくらかはみ出して、うつ伏せのままその凄まじいいびきを続けていた。タカシの吐き出した夥しい嘔吐物のまわりは、大小沢山の泡がひろがっていた。長兄がやや呆然とした表情で

「マコト、医者へ。走って」

長兄が言った。

家から普通に歩いて十分ほどのところにかかりつけの内科医がある。裸足でそこに走るのは二回目だった。最初は父が倒れたとき。真冬の凍った道を、ぼくは慌てていたものだから裸足で走っていた。

医師は女医で困ったくらいにでっぷり太っているから、その人を走らせるのは大変だった。季節は真冬とは違うけれど、またあれと同じことになりそうだった。

はっきりとはわからなかったが、時間は午前四時ぐらいだったろうか。ぼくにはそれ

よりも後ではない、という確証があった。ニワトリの鳴き声だ。やつがまだ騒いでいない、ということは、四時よりも確実に前なのだ。

医師の家の前にはたちまち着いた。呼び鈴は石の門灯のそばにあり、母屋はそこから十メートルぐらい先にある。リッチな家の構造をしていた。

強引なくらい長い時間ベルを押し続けた。

やがて「不承不承」、そのまんまの時間差をへて医院の玄関の照明がついた。ドアがあくのも待てないくらいの性急さでぼくは家の名を告げ、急患です！　と叫んだ。父が倒れたときとそっくり同じだった。

途方もないほどの時間をかけて女医は白衣を羽織って玄関口に出た。寝起きもいいところだから顔つきは不機嫌だ。

「どなたが倒れたの？　症状は？」

「ぼくの兄で、意識がありません。何かヘンなものを飲んだらしく大量に吐いています」

「吐いている？」

その頃には兄が被った薬害の原因はなんとなくわかってきていた。前例は見たことがないが、きっとそういうコトがおきたのだろう。

ぼくに質問しながらも女医は早くも荒い息になり、ぼくが後ろからどんどん押すもの

だから、女医はとうとう言った。

「もうそんなに強く押さないで。わたしの足が動かないんだから、もうさして変わらないわよ」

胃の洗浄、という措置がされたが、女医は母とも長兄とも親しかったから、それから一息もつかないうちに、兄が飲んだと思われる薬の瓶を全部見せなさい、と言った。睡眠薬の瓶は二つ。あまりの量で全部飲み込めなかったらしく、布団の下にもいくつもの錠剤が落ちていた。

家のニワトリが間抜けに鳴いている。不安に満ちた空気がながれ、「できるだけ早く、もっと本格的に胃と消化器官の洗浄ができる大きな病院に移送しないと心配ですね。それともっと心配なのは後遺症です」

女医がやや声をひそめて言った。

その頃になって母はぼくに、「ちょっと弟たちの様子を見てきて」と早口で言った。

どうも深刻っぽいその場にぼくがいるのはまずいらしい、ということにやっと気がついた。

いい天気が続いていたが、母は毎日病院に通っていた。事件から二日目になってやっとタカシが目ざめ、水を沢山飲んだこと、目をパチクリさせて自分がどこにいて、どうしてそこにいるのかわからず母に繰り返し聞いていること、自分が大量の睡眠薬を飲んだことについては今のところまったく記憶にないようだ、ということなどを、このところ何時もより早く帰宅する長兄に報告しているのを、ぼくは茶の間の目立たないところで聞いていた。

「このままでいけば記憶が断片的なところをのぞけば、なんとか回復するのではないかと思うんですよ」

そう言う母の口調は漸くいくらか安堵を含んだものに変わっていた。衝撃は大きかったけれど、これをきっかけに臨時に休んでいた舞踊教室が再開された。それと同時に、兄が家に戻ってくるようになったらいいな、とぼくは考えていた。

学校では放課後の体育祭の練習に熱が入っていた。運動部もその期間は通常の練習をやめ、体育祭のグループ練習に参加していたので、運動場は俄然活気が出ていた。

ぼくと一緒に入学した従兄弟の賢三君に校庭でときどき顔を合わせた。

「うまくいってるかあ」という合図は、裕の小学校で流行っている「ゆび言葉」で合図

した。といってもたいてい返事は同じだった。

体育祭の練習時間は教師の間で調整されているらしく、ぼくたちにはなんだかよくわからないままに先生の指導のもとに動いていた。最初の頃に、主に陸上競技の練習を一回だけやった。

ぼくたちは本格的な「走り幅跳び」とか「ハードル競技」などは、はじめて体験するのでけっこう期待した。

「これらはキミたちが高校生になると体験するものですが、いきなり出会って戸惑わないように、うんと簡潔にわかりやすくしてあります」担当の教師が言った。

ぼくたちの授業では会ったことのない、トレパン姿で髪の毛をまっすぐ後ろにまとめて馬のシッポみたいにしている女性教師だ。

面白かったのが走り幅跳びだった。スポーツの本など読んでいると、どのくらい跳んだかの記録が巻き尺で測られ、一・九五メートルなどと記録され、それによって勝敗があらわされる、と思っていたが、そこでは幅跳びは着地の砂地の上に三本の布紐が横に張ってあり、段階式になっている。こまかい数値で争われるのでなくて、大体の能力をはかるだけなのだった。でも小学校の遊び半分なのと比べてさすがが中学！というヨロコビみたいなものがあった。

兄のタカシは今、便宜的に入院しているところでは治療の質がともなわない、という
ことで、ぼくの住んでいる町から電車で一時間ほど山のほうに行く、私鉄の駅からさらに
にバスに乗ったところにある大きな病院に転院させられた。そこには母と長兄がつきそ
っていったが、帰ってくると一様にこわばったような顔をしているので、それを見てい
るぼくも緊張した。

「タカシはそこでちゃんとよくなるの?」

ぼくは聞いた。　母も兄もそれにはすぐに答えなかった。それが答えなんだろうな、と
ぼくは思った。

「あれだけの薬をいっぺんに飲んでよく助かった、と主治医になるらしい先生が言って
いたのよ。　君も中学生になったのだから、こういうこと、理解できるでしょう」

母は言った。

ぼくは頷き、母のいれてくれた熱いお茶の入ったぼくの異様に大きい茶碗を握った。
大きな病院に入ってもどうなるかわからないんだ、というコトなんだろうと思った。
母も長兄もどこか普通の感覚ではなくなっているらしく、ぼくがそこに座っているの
にちょっときわどい話をしていた。

「タカシが言っていた佐和子にネコイラズ食わされそうになった、っていうのは、先生の言う妄想というわけなのよね、きっと」

ネコイラズなどを人間が口にしたらどういうことになるか、ぼくにもわかっていた。

「妄想に決まっていると思いますよ。あの薬の後遺症は、そういう突拍子もない妄想が次々に渦巻いてくる、という悪質な影響があるのです、とあの医者も言っていましたから」

佐和子というのがいまタカシがお世話になっている家に住んでいる人で、もう殆どタカシの奥さんのようだ、ということを以前、お酒を飲んで激昂している母が言っていたのをぼくは覚えていた。

その日はさしたる理由もなかったが賢三君のところで寝よう、と思って外に出た。すぐに足元にジョンがぶつかってきた。ジョンは嬉しそうにぼくの足元にからまりながら、

「どうしたんですか？　今夜はどうしたんですか？」としきりに聞いているようだった。

自転車ヒコーキ大作戦

激しい競技大会のようになった体育祭が刺激になったようで、その後の体育の授業は
けっこう長い時間をかけて徒手体操をしたり校庭を十周するような長距離走などがあり、
小学校とはえらく状況が違っていた。

秋のまっただなかだったので、晴れている日など授業が終わる頃には全身から汗が噴
き出るぐらいだった。

そうやって体を動かす時間というのはあまり考え事をすることもなく、自分のやるこ
とに没頭できるのでぼくにはありがたかった。

その頃、家族のあいだで同時におきていた心配事は簡単には「いい方向」にいくこと
もなく、長兄の婚約という明るい話もしばらく曖昧にしぼんだ感じになった。

母は踊りの稽古を週末は休んで、入院した次兄の崇のところに定期的に洗濯物を届け、
面会をし、様子の変化を見守っていた。

踊りの稽古はこれまで土日もやっていたが、週末はお弟子さんも家庭の用事があるので やってくる人も少なく、そちらのほうにはさして影響はないようだった。けれど「聞こえが悪いので」という理由で、母はお弟子さんには崇が入院していることは絶対に内緒にしていた。崇の事件はなにしろ「自殺未遂」であり、睡眠薬の飲み過ぎで起きた後遺症の治療のために入院しているのであったから、なるべく家族のあいだでもその話はしないように、と母からわざわざ言われていたくらいだった。そういう「秘密」の意味はぼくにだってわかることだった。でも弟の裕には話してもよくわからないだろうから、その話はいっさいしないことになっていた。

ぼくが最初母にくっついて崇のいる病院に見舞いに行ったときは、裕はしきりに自分もついて行きたがって、母もぼくも困った。裕には親戚の叔母さんのところに行ってくる、という口実だったので、どうしてぼくも行けないんだ、と悔しがったのだ。それならぼくも行くのをやめようと思ったくらいだったが、崇は入院はしたものの回復して退院できる予定もたっていなくて、崇の入院生活に必要になってきたいろんな荷物を届けるのと、その逆に家に持ちかえる荷物がけっこうあり、そのためにどうしてもぼくが荷物持ちを手伝う必要があった。

結果的には裕が納得しないまま強引に病院に行くことになった。面会の許される時間

は午後一時から三時までのあいだなので、往復の時間を入れるとほぼ一日がかりになる。

こういうとき、つぐも叔父が以前のように元気よく裕の話し相手になってくれたら、さして心配にならなかったが、夏の終わりに起こった例のとんでもない「言いがかり」のような事件で「貝灰工場」の臨時雇いがクビになり、さすがのつぐも叔父もその憤懣はしばらく収まらないようだった。

怒りで黙り込んでいることが多くなったり、九州の男とは思えないくらいにふさぎ気味になっていたりするつぐも叔父だったけれど、納得できないまま、間もなくして花見川の土砂運びの臨時日雇いの仕事が決まり、今はそこにかよっていた。

体はきついけれど、つぐも叔父もそういう肉体労働に没頭できたほうが気持ちの上ではなんとか紛らわす方向に行っているようで、以前ほどのあっけらかんとしたつぐも叔父にまでは戻っていなかったけれど、少しずつ元気になっているのがわかった。

そのつぐも叔父の仕事は土日の休みはなかったが、賢三君がいることだしジョンとハチもいる。長兄も週末は早く帰宅する、ということになり、裕はなんとか留守番を納得したようだった。

そんなふうにしてまで気をつかわず、いっそ裕も連れていったらいいんじゃないか、とぼくは見慣れない単線の私鉄電車に乗って崇の病院に着くまでぼんやり考えていた。

その私鉄電車は大きな市場のある駅から出ている。父がぼくを一緒に市場へと連れていってくれたのは、逝く前の年まででだった。あの頃から父は自分の体の衰えをじわじわ感じていたのだろう、と今になるとぼくにもそのへんの変化の背景がわかってきた。

一時間に一本、という単線の私鉄電車に乗って、そこからさらにバスに乗っていくとかなり遠い田舎の場所にあるようだった。

田園が広がり、大きな出来すぎの青空の下にバスに乗り換える駅があった。バスが出るまで三十分ぐらい待ち時間がある。普段のぼくだったらそのくらいの時間があったらちょっとそこらを回ってきたりしているが、その日は母の隣でじっとしていた。そうしてバスに乗ると母はあまり喋らなくなっていた。ぼくも母もいくらか緊張している気がした。

田舎道を揺られて目的のバス停留所のすぐ近くにその病院はあった。木造二階建てぐらいのむかしの学校のようなところだった。

簡単な受け付けをすませ、少し廊下を歩いていくと今どき珍しい全部木造の小学校の教室のような部屋があり、そこで面会するようだった。部屋には早くも傾きはじめた秋の日差しが斜めに入り込んでおり、すでに三組ほどの面会者がテーブルを挟んで差し向かいになって、小声でなにやら話をしていた。それぞれのテーブルの上には自分たちで

持ってきたらしいお茶菓子、魔法瓶に入れた飲み物などが並べられ、それらを口にして
穏やかに談笑していた。

　母はまだ日差しが入ってきている窓際のテーブルを選び、そこに持ってきた荷物を置
くと、部屋の係らしい人のところに行って、なにやらもう一度手続きのようなことをし
ていた。

　ぼくは椅子に座り近くの窓から外を眺めていた。学校の校庭みたいな広場があり、そ
れを囲むようにプラタナスの木がキチンと等間隔に並んでいた。

　手続きをすませた母が戻ってくると、すぐに持参した布袋から飲み物や菓子類らしき
ものを取り出してそこに並べた。

　ほどなくしてガラス戸があき、母ぐらいの年恰好（としかっこう）のおばさんに連れられて崇が入って
きた。医者か看護婦のような人が引率してくるのかと思っていたが、そんなモノモノし
さはなかった。それをシオに先にその部屋にいた一組が荷物を片づけはじめ、それぞれ
声に出して笑いながら部屋から出て行こうとしていた。

　崇はびっくりするほど太ってしまっていて、顔も腕も倍ぐらいになっていた。薄いブ
ルーの、かなりキツキツのパジャマみたいなシャツに白いトレパン姿で、白い運動靴を
履き、ごくごく普通に母とぼくのいるところにやってきた。

思いがけなく自然な動作と顔つきだった。

ぼくは病室に行ってベッドのそばなどで会うものと思いこんでいたので、その自然さに驚いていた。

「やっ。ありがとう。今日はマコトも一緒なんだね」

崇はいままで見たこともないくらい穏やかな表情をしていた。ぼくはこの建物に入ったときから無闇に緊張していたのだけれど、それがすっかりはぐらかされたような穏やかな再会だった。

「また今日も里見饅頭を持ってきたからね」

母はそう言いながらセッセとテーブルの上に持ってきたものを広げ、ちょっとした食堂のテーブルのようにしていた。

「あっ、嬉しいな、ちょうど三日前ぐらいに切れていたんだ」

崇がそういう饅頭が好物、ということは知らなかった。母は持参した三つの容れものに、やはり持参した魔法瓶を並べた。それからまだ熱そうな紅茶をそれぞれの容れものに注ぎながら、「それでリハビリのプログラムはどうなっているの?」と聞いた。

「うん。内田さんが、まあまあ順調ですよ、って言っていた」

崇はひとつめの饅頭を手に取りながら思いがけないくらい快活に言った。

崇は太ったぶん以前よりもずっと温和に見えた。話しはじめると、ぼくが小学校二、三年生ぐらいの頃に、家の庭や屋根の上に登っておもちゃのピストルやライフルで騎兵隊ごっこなんかやっていた頃のおもかげに、いくぶん戻っているような気がした。よかった。と心のなかで拍手したい気持ちだった。思ったよりも早く崇は回復していたのだ。思えば崇が家を出て行ってからまともな会話はいっさいしていないことを思いだした。

しばらく治療プログラムについて母は崇に聞いていた。

「うん。ごはんはおいしいし、娯楽室ではみんなでテレビなんか笑いながら見ているのがとても楽しいよ。とくにクイズ番組なんかみんなであてっこするんだ」

崇がややふっくらした顔で喋っているのを聞いていると、崇はここに入院して生まれ変わったような気がした。病院まで見舞いにきてよかった、とつくづく思った。

そんな話をしながら崇は好物の里見饅頭をもう三つも食べているのに驚いた。

病院のなかは静かだった。こういう面会室と病棟とはだいぶ離れているのか、大勢の入院患者がいると聞いていたが、秋の穏やかな午後は風の音も聞こえなかった。崇の顔のむこうにさっき見たプラタナスが整列しているように見える。

ふいについ最近読んだ宮沢賢治の「月夜のでんしんばしら」という短編を思いだした。

　ドッテテドッテテ　ドッテテド

という一節が不思議にいつまでも面白くて記憶に強く残っていた。崇がこのまま順調

に快癒していけばいいなあ、とつくづく思った。

「ここは治療でちょっと辛いときがあるけれど、それ以外はいいところなんだよ」

崇は家にいたときには見せたことのない穏やかな笑顔のあとに、少し顔をしかめて言

った。

「ちょっと辛いところって何なの?」

母は聞いた。

「一週間かな。十日間隔だったかもしれないけれど、電気ショックという多くの人がや

る嫌いな治療があるんだ」

崇は言った。

「……それは」

「そのときは移動ベッドに寝かされて治療室に行って、コメカミのあたりに電極をつけ

る。先生が二人いて一人の先生がぼくの血圧とか心拍数なんかを測る。それが済むと、

タオルみたいなのでくるんだゴムみたいなのがあって、それを口に押し込んでくるんだ。

そうしてコメカミで電気がバッチンだよ。頭にだけカミナリが落ちたような感じで、終

わると移動ベッドごと病室に戻っていくんだ。怖いけれど内田さんに聞くと、それでど
んどん治っていくのよ、と言っていた。だから我慢だね。内田さんは、崇さんは体力が
あるから安心だけど、人によってはそれで口からアブクを出して少し意識を失うことが
あって、それだと問題があるわね。吐いたものが肺に行ってしまうと一大事だわー、な
んていうことを言っていたよ」

　母は黙って聞いていた。その話を母は以前にも聞いていたようだった。本当なんだろ
うか、とぼくは最初そう思ったが、母の表情で実際のことらしい、となんとなくわかっ
た。

　相当厳しいところで治療しているんだ。と、ぼくはしんとした気持ちになってしばら
く黙っていた。

　崇は母とぼくが見舞いにきたのが嬉しくてたまらないようだった。いままでの崇はど
こへ行ってしまったのだろうか、と思わせるような快活さでどんどんいろんな話をして
くれた。

　崇の快活なお喋りを聞いているうちにするすると時間がたって、一時間の面会時間は
たちまち経過した。母は持ってきた着替え用の衣服の入った袋や菓子などをまとめて崇
に渡し、かわりに崇の持ってきた洗濯物の入っている袋を持参したバッグに入れた。里

見饅頭は紙に包んで別の袋に入れてあった。

「これは一日にひとつだけ食べるのよ。午後のおやつでもいいわ。ただしそれでも一日にひとつだけよ」

「うん。そうするよ」

崇は言った。

病院の外までぼくたちを見送りにきてもいいことになっているらしく、さっきまでずっとガラスごしに見えていたプラタナスの木で囲まれている庭まで、崇は送ってきてくれた。ここに来たときはなかった風が、今は上空をけっこう強く走っているようだった。

「また来週来ますからね」

母は言った。

「うん。待っています」

笑って言う崇の顔の背後に、だいぶ傾いた秋の夕日があった。見上げる崇の顔にはうっすらと汗が浮かんでいるのが見えた。山に囲まれた森林の多いところだ。もう外は結構寒くなっているのに、崇はパジャマみたいなのを一枚着ているだけだった。ふいに遠いところからトランペットらしいものが鳴り出した。誰か入院患者が練習しているらしい。

「じゃさようなら」

「またすぐ来るからね」

　母は言った。それから三百メートルぐらい先にあるバス停までときおり振り返ると、崇はずっと同じ姿勢のまま見送っていて、ぼくは、早く内田さんが迎えにこないか、と心配になった。トランペットはときどき音程をはずしながら、まだ遠くで聞こえていた。

　再びバスに乗り、ぼくと母は並んで座ったが、そのままずっと黙っていた。

　マサルとカッチンがやってきて、今度の日曜日にフッキリまで遊びに行こう、と言ってきた。二人はぼくが母と崇のお見舞いに行っているときに、いつもの仲間とひさしぶりにフッキリに遊びに行っていたらしい。しばらくそこに行かないうちに何度か大きな崖崩れがあって、いままで知っていたフッキリとはずいぶん変わっていて、面白い遊びがいろいろできる、とカッチンは不思議なくらい息を荒くしてそう言った。

　そこは海と花見川と同じくらい小学校の頃からときどき遊びに行っていたところだったが、海や川と違ってちょっと距離があるので、行けてもひと月に一回ぐらい、というところだった。小学校の卒業とか中学の入学とかいろいろあって、考えてみたらもう一

年近く行っていない。

フッキリは高さ三十メートルぐらいの赤土の崖が海にむかって続いているところで、ときどき崖崩れがあってちょっと行かずにいると風景が変わって見えてしまうくらい崩壊している。崖の上は松を中心にした貧弱な林があって、崖崩れのときに場所によっては、その根が上のほうの赤土をおさえて崩落を防いでいるようなところがあったが、古い松になると根の力をなくしてしまうのか崩落する土を道連れに崩れ落ちてしまうことがある。

すると松の根についているいろんな虫が同時に崖下に落ちてきて、ときどきぼくたちが「赤虫」と呼んでいる大ムカデが巣ごと落ちてくることがあった。歳上（としうえ）の知り合いなどに聞くと、季節にもよるけれど長さ二十センチぐらいのもいるそうだ。赤いムカデと褐色のムカデの二種類いたが、赤ムカデの大きいのを捕まえて牛乳瓶などに入れて、むかしこの町の漁業が栄えていた頃、網元みたいな立場にあった通称「あかべんてん」のじいさんのところに持っていくと、そのムカデを一匹二百円とか二百円という驚くべき値段で買い取ってくれたらしい。じいさんはそれを焼酎漬けにしてほかのところに流通させて儲（もう）けているらしかった。

だからフッキリに行くときは、ちょっとした宝探しのような気持ちになった。

「しばらく行かないうちに大崖崩れがあったんだ。　崖上の松が十本ぐらい落下していて崖下に赤土山みたいのがいくつもできていてそれがもの凄く面白い」とカッチンなどはけっこう興奮した顔で言うのだった。

「フッキリかあ。　そういえばあそこには一年ぐらい行っていないよ。　どうなっているかときどき気にしていたけどね」

ぼくは敏感に反応して、次の週末に行くことを約束した。　その頃はたいていみんなどこかから中古の自転車を貰ったり、永久に返さなくていい条件で借りたりしていた。　けっこう距離のあるところだからみんな自転車で行くことになる。

ぼくのところにもつぐもつぐも叔父が通勤で使っている、重くて大きな実用自転車があり、ちょうど翌週はつぐも叔父がいま臨時で勤めている花見川のトンネル拡張工事のための雑用仕事で泊まりこみになっている、というのでつぐも叔父には悪いけれど、その日は歩いて現場まで行ってもらうことにした。　そうしてぼくと賢三君はその自転車を交代運転しながら二人乗りしてフッキリに行くことが可能になった。

カッチンなどと大勢で遊びに行くのは久しぶりだったので、ぼくはその日また崇のところに見舞いに行くのは久しぶりだったので、ぼくはその日また崇のところに見舞いに行く母に頼んで、弁当のために多めにごはんを炊いてもらった。　水加減をちゃんと慣れた人にやってもらわないと、カツオブシおにぎりはときおりカツオがご

はん同士の接着を妨害しておにぎりのどこかが割れてしまう危険があった。

だから水加減のしっかりしたごはんさえあれば、ぼくたちでカツオブシを大量に削って醬油にひたしてごはんにまぜ、それを握って海苔でくるむと無敵の「ネコめしおにぎり」が作れる。

その日の病院見舞いは、裕が母にくっついていくことになった。なんでも、ぼくが母と二人で病院に行った、ということがわかると裕はそこらのものを母に投げつけたりして、もの凄く怒ったらしい。母はぼくを連れていったとき、祟がけっこう喜んでいたのを見て、次に裕を連れていくことに決めたらしい。またそうしないと、ネコのハチと犬のジョンと裕が家の留守番ということになり、それはちょっと心配なことだった。

しかもそういうときはジョンは必ずぼくたちについて、どこまでも一緒に行動しようとするから可哀相だけれど綱でとめておくことにした。ハチだけの留守番ではちょっと心配だったし、フッキリにはマムシなどもいるので犬を放つと危険、とも言われていた。

ひさしぶりに見るフッキリは、カッチンたちが興奮して教えてくれたように、以前のものを思いだせないくらいに崖崩れで乱れており、以前あった平らなところが落ちてきた赤土によってデコボコになっていた。ほぼ垂直になった崖の上のほうは空中に迫り出し

潮干狩りにはあまり適している場所ではなかったから、何のために建てられた小屋なのよくある漁師小屋のようにも見えたが、そのあたりには小舟を寄せられる桟橋もないし、海岸になかったが、端のほうに半分壊れて斜めにかしいだようになった小屋が見えた。その山に登る前まで見える〝山〟に登ると、そこから向かい側の海がそっくり見えた。その山に登る前まで見えぼくたちはみんなでそういう山を〝征服〟して歩いた。一番高い十二、三メートルあ山のなかには高さ十メートルぐらいのところもあった。

がてそういうところにも松などの木が生えてきそうだった。そういう大きな草色の堆積ていて、登ってみるとけっこう地面がしっかりしていた。もう少しほうっておくと、やな草が生え揃っていて、当初は赤土だけの小山だったところが草木によって緑色になっ落下した土はあちこちで小山をつくっており、その上には早くも生長の早いさまざまだった。

っぱいいることが多いのだけれど、その下に行くには子供の目から見てもいかにも危険赤ムカデ、褐色ムカデは、そんなふうに覆いかぶさるようになっている根の付近にいして、やがて全部が崩壊しそうだった。は抉れていて、ちょっと大きな震動でもあるとまた上のほうがいっぺんにそっくり落下ていて、その上に覆いかぶさるように草や木が生えたままになっている。垂直だった崖

かまるでわからなかった。

　その日、ぼくたちのフッキリ探検隊にはカッチンのほかにマサルや昭一など小学校から

の仲間のほかに、中学でぼくと同じクラスになった尾羽やサブローなどがいた。賢三

君も一緒だった。

　ぼくたちは十二、三メートルの一番高い山の上にみんなで立って、海のほうを眺めな

がら「ぜっけいかな、ぜっけいかな」などと言い合った。そのうち誰かが「だけどゼッ

ケーってどんな意味なのかな」などと言いだした。

　もう中学生になっているのに誰も完全に自信を持って正確なことを言える奴はおらず、

やがてサブローが「風呂屋に描いてある絵みたいなもんじゃないかな」と、やっぱりち

ょっと自信なさそうに言った。

「ああ、そうかあ」と誰かが言った。

「ああいう絵には富士山と青い海に帆かけ船なんかが浮かんでいるぞ。だけどこのフッ

キリにはこんなドロンとした海が似合っているのかもしれないな」尾羽が言った。そし

て「この海にはこのような風景が合っている」と賛同する者がいて「これも絶景」とい

うことに決まった。

　しばらくすると他の誰かが「ワッセワッセ」と言いながら自転車をその山のてっぺん

まで運んできたので驚いた。マサルだった。

「おお！」

ほかのみんなもその根性をほめた。

「でもこんなところを降りられるかな。タイヤめりこむぞきっと」

わりあい慎重な昭一が言った。

「やってみなくちゃわからないよ」

マサルが言った。マサルが乗ってきた自転車は、小学生なんかがよく乗っている子供用自転車だ。

「ここにあげてくるまでに、タイヤがきっちり沈むようなところもあったけれど、けっこう固いところもあったよ。だから場所によるみたいだよ」

「もう少し低い固い土になっているとこで試してみるといいんじゃないか」

尾羽が言った。尾羽の背恰好はぼくと同じくらいだった。小学校の頃に近所の青空剣道練習所で剣道をやっていたという。何時も先生に竹刀で思いきり頭を叩かれていたから、ぼくの頭は外も内側もダメなんだ、と尾羽は言っていた。

青空、というのは「野外」という意味だった。尾羽は中学生のわりには思慮深く、感情的になることはなかった。そして彼の言うことには説得力があり、みんなが賛同して

　行動することが多かった。

　高さ五メートルぐらいの小さな山が練習候補になった。その山に自転車を持ちあげたのはまたもやマサルだった。

「登るときにできるだけ固い地面を探していくといいよ」

　たしかに尾羽の言うとおりだな、とぼくは思った。同時にああいう頼もしい奴がぼくたちの仲間になるのは嬉しいことだ、と思った。

　さっきの半分より低いぐらいの高さだったからマサルはすぐに頂上につき、「さあ、マナスル探検隊が一気に地上をめざします」と、自転車にまたがってすぐにでも滑りおりそうな恰好をした。

「固い地面だったかあ?」

　ぼくは言った。

「大丈夫。あっという間だよ」

　マサルは自信たっぷりに言い、同時にそのまま山を降りてきた。けれど頂上から二メートルも降りないうちに転んでいた。あっという間の出来事だった。

　マサルにはなんの怪我(けが)も支障もないようだったので、ぼくたちは全員で笑った。

　それから適当な山をめざして、みんながマサルのようにして自転車で小山の自分でや

れる高さまで行き、自分の判断で山を降りてこられるようになった。それができた山は成功した者の山、ということになった。

こんなふうになるといきなり元気になって挑戦的になるのがオッチョコチョイのぼくだった。ぼくはそこらの山で一番高い、最初に全員で頂上に登った高さおよそ十三メートルの山から降りてくることをめざした。さっそく自転車をひっぱってそこに登っていくと反対側から登ってくる奴と出会った。尾羽だった。

ぼくと尾羽は仲間のなかで一番大きな体をしていたので、考えることも似ていたのかもしれない。

ぼくも尾羽も同時に笑った。

「ここだってできるよな」

尾羽が言った。

「やっぱり固い斜面をちゃんと調べることが大事だと思う。ぼくはそれをいま調べてあがってきた」

ぼくは強がりを言った。

「できるだけ南に向いている斜面を狙うのがいいんじゃないかな。太陽によって南側は草の生えている密度が濃い」

うひゃあ、と思うくらい尾羽の意見は思慮深かった。尾羽の指さす方向を見ると、そこにはいま尾羽が牽いて登ってきた自転車の轍（わだち）のあとがちゃんとある。

「やってみようか。最初はブレーキをきっちりかけてスピードを抑えたほうがいい。足をひろげて倒れそうになった方向のほうを足でカバーする」

「ぼくもそう思ってた」

尾羽にもう負けている、と思いながらぼくは負け犬にはなりたくなかった。

「じゃ、先に行くよ」

という声と同時に、尾羽はもうぼくの視線の先にいた。負けじとぼくも降りていく。練習した他の七、八メートルぐらいの山よりももの凄い加速だった。ブレーキが軋（きし）んだ音をたてて、ぼくのまたがった自転車が左右に勝手にがしがし揺れる。そうして倒れそうなところで足を出したら、そこから傾斜がさらにきつくなり、ぼくは残りあと三分の一ぐらいのところで転倒していた。倒れた直後にはどこも痛くなかった。ぼくの視線の先にまだ自転車に乗ったままの尾羽の顔が笑っていた。

実際に降りていくと、

「大丈夫？　どこも怪我しなかった？」

「うん。大丈夫。けっこうバランスが難しかったけどなあ」

「そうだよな。ぼくは奇跡的に固いルートを行けたみたいだ」

そのときぼくはいまの様子を誰かに見られていないか、ということだけが気になっていた。

ほかの仲間には知られてはいなかったけれど、ぼくは尾羽に対してなんとかこの屈辱を晴らすことはできないだろうか、と考えていた。そうしてもう少し高い赤土の山はないだろうか、とあたりを見回していたが、もうそこより高そうな山はなかった。それよりもさっきみんなで見つけたデコボコ山群地帯の端のほうで見た、半分つぶれかかった小屋がなんだか魅力的に見えた。とくに何か目的があるわけでもなかったが、まだみんなが確認していないあの小屋に行けば何か偶然凄い発見があるのではないか、と思ったのだった。

自転車を置いて一人でその小屋のほうにむかった。海側を行けば嫌でもそこに突きあたるところに、ひしゃげた小屋はある。

小屋はそのなかを覗いてもなんのために作られたのかわからなかった。海側にむかしから開いていたらしい空間がポカンと口をあけており、その横に板戸がとれた入り口があった。なかを覗くと海のゴキブリともいわれるフナムシが、一斉に小屋の隅に逃げて

いくのが見えた。小屋のなかには人間がギアつきのハンドルで回転させてワイヤーを巻き取る装置の残骸があった。海岸ではこれを使って船を巻き上げるのでよく見る機械だった。

フッキリには小学校四、五年の頃にときどき来ていたのだけれど、そういうふうにして船を浜にあげる装置を見たことはなかった。何か目的があってほんの数年使われていたものだろう。それを見てぼくは海岸で鉄屑を拾い集めていたおっさんのことを思いだした。ああいう人が見たら小躍りするようなタカラモノがこの小屋にはいっぱいあるのだろう。

小屋のまわりをひと回りしていると、板や細い角材が沢山転がっているのが目に入った。

そうしてそのときぼくの頭のなかでなにかがピカッとはじけるのを感じた。素晴らしいアイデアがひらめいたのだ。

長さが二メートルぐらいで幅が三十センチぐらい、厚みが一、二センチぐらいの板を探した。もうひとつそれと同じくらいの厚みで長さは一メートルぐらい、幅は二十センチもあればいい。小屋の外に立てかけてあるのはもうあらかた腐っていて、ぼくの思いついた目的にはかなわないが、走り回るフナムシを追い払いながら小屋のなかに入って

探してみるとなんとかそれに近いものを見つけることができた。持ちあげてみると、小屋のなかに入っていったとしても長いあいだ海風や入ってくる雨しぶきによって、けっこう水分を含んでいるのだろう、大きさのわりには重かった。

そのあいだに偶然ハリガネの束を見つけた。ぼくはロープを探していたのだがハリガネでもいい。切断するには何回も折り曲げを続ければなんとかなるから、カッターもナイフもない状況ではロープよりもいいかもしれない。

それらを担いでもとの小山だらけのところに引き返した。つぐも叔父の自転車を探す前に大勢の声がするほうにむかった。仲間たちは手頃な赤土山を自転車で上手に滑り降りしては大騒ぎしている。マサルが乗ってきた子供用自転車が人気のようでみんながそれを順番に待って山の上まで持ちあげ、上手に滑り降りている。賢三君もその順番待ちのなかにいた。だからつぐも叔父の自転車は、あの高い十三メートルの山のところにぼくが置いてきたままで転がっている筈_{はず}だった。

みんなはぼくが板を担いで現れたので、いったいそれをどうするんだ？　という顔で見ている。ぼくはとにかくにわかに注目を集めたのだ。しめたものだった。

「みんなちょっと手伝ってくれ」
ぼくは言った。もうそこまで担いでくるのに肩や腕がだいぶ痛くなっている。

「何すんの。そんな板で？」

昭一がいつものちょっと女の子みたいなカン高い声で聞いた。

「これから世紀の大実験をするんだあ」

そう言ってぼくはつぐも叔父のところにむかった。全員があとについてきた。

ぼくが持て余した板などをみんなで担いでくれている。

作戦は簡単だった。つぐも叔父の自転車をちゃんと起こして、スタンド装置をかけて安定させる。それからまずハンドルのところに長さ三メートルはある板を載せた。つぐも叔父の自転車はどれも頑丈なフレームでできている。ぼくは一緒に持ってきたハリガネでその板をハンドルにくくりつける

ことができた。思った以上に簡単にその板を水平に縛りつける

「わあ、なんだこれは？　ヒコーキみたいだ。自転車ヒコーキ！」

「本当に世紀の大実験だ」

みんながまわりで騒いでいる。ぼくはすっかり気分は大発明家になっていて、そのあとすぐに長さ一メートルぐらいの板を後ろの荷台に取り付けた。大きくて平らな荷台に取り付けるのだから、後ろのほうはハンドルにくくりつけるよりも楽な仕事だった。

そうして、見るからに勇壮な小型自転車飛行機が完成していた。

「これで山から滑り降りるの?」

賢三君が聞いた。

「いや滑り降りるんじゃなくて飛ぶんだ。なにしろ自転車ヒコーキだからさ」

「無理だよ。それではあまりにも重すぎる。そんなんじゃ飛べないよ。へたすると怪我をする。自転車が倒れて板が割れたらその破片が危ない」

尾羽がいきなり言った。

「飛べないとどうしてわかる?」

ぼくは半ばムキになっていた。

「もしそんな程度の細工で空を飛べるとしたら、世界中でもっと昔からいろんな自転車ヒコーキが発明されていた筈だ。でも現実にはそんなのないだろう」

尾羽の話しかたは静かで説得力に満ちていた。

「マコト君。やめたほうがいいよ」

賢三君がいつもより大きな声でいきなり言った。

「斜面で転んでしまうのだけでも危ないのに、そんなお手軽な装置で人間が飛ぶなんて」

普段おとなしい賢三君だったが、その声や顔が真剣だった。

ずっと以前、賢三君は子供むけに書かれたヒコーキの本を読んでいて、木っ端を使っ

ておもちゃのヒコーキを作り、翼の端に穴をあけ紐をつけて自分が円の中心になって、そいつをぐるぐる飛ばしていたことがあったのを思いだした。

怪談 カリコツ

秋もだいぶ深まった頃、つぐも叔父がけっこう長い工事現場の出張から帰ってきた。つぐも叔父はもともと色が黒かったが、野外で働く仕事が続いていたからだろう、夏のさかりの頃よりもさらに真っ黒になっていて元気そうだった。

まだ午前中なのでぼくたちは庭で適当な思いつき遊びをしていたが、いいあんばいに、朝食あとの便所から出てきた賢三君とつぐも叔父は庭先で顔をあわせる恰好になった。

「めし食うたとや」

つぐも叔父がいきなり言った。

「ん、ううん、あの、べ、便所だ」

賢三君はいきなり父親と顔をあわせたので、ちょっとびっくりしたのか困惑したような顔つきと言葉になった。

「便所なら我が部屋にあるやろうもん。　わざわざ母屋を汚したら、駄目やろうが」

つぐも叔父が少し叱るようにして言った。

ぼくはいくらか焦ったようなあんばいで、その会話に強引にまじりこんだ。

「こっちの家作のほうの便所のくみ取り口の隙間からねずみが入り込んでくるようになって、衛生に悪いからって、いま賢三君とこの部屋の便所は使えなくしてあるんです」

「ねずみ？　ねずみが来るとや」

つぐも叔父は少しびっくりした顔で言った。ぼくは大きく頷く。

「そげんやったら、外のくみ取り口を強か蓋にして、入らんごとしたら、よかろうもん」

つぐも叔父は言った。

まあそうだろうけれど、このところちょくちょく賢三君の部屋にぼくと裕が泊まりに行くので、みんなで寝ているところをウンコがついたねずみが走り回っているんじゃ気持ち悪い、と言って三人の意見が一致し、賢三君の家の便所は「あかずの便所」にしていたのだった。つぐも叔父は便所を使えなくしたのは、賢三君が勝手に決めたものとカン違いしていきなり怒っているのに違いなかった。

庭でのそういうちょっとした「さわぎ」を聞きつけて、母がつっかけを履いていまにもつんのめりそうな恰好で庭に出てきた。

「帰ってくるなりなんの騒ぎだね。帰ってくるよと電話ぐらいしてくれればいいのに、

まったくお前は気がきかないね」
いつもの母流でのっけから怒っていた。
　電話を、と言ったって、ぼくの家にはまだ電話はなかった。
家の前の狭い道を幹線道路にむかって八軒ぐらい行ったところに長兄の「内祝い」に
来てくれた大工のキョタさんこと、室石京太郎さんの家があって、その家が一年前くら
いに電話をひいた。前から親しくしていた家なので、母はキョタさんに頼み、ときどき
電話を使わせてもらうばかりじゃなくて、何人かよそからかかってくる電話を取り次い
でもらうように頼んでいた。
　取り次ぐと言ったって、母に電話がかかってくるとキョタさんの家の誰かがぼくの
家まで走ってその連絡をし、母がキョタさんの家の電話まで行く、ということになる。
先方が忙しいときにはなんとも面倒なことになった。
　ぼくの母はなんというかあけっぴろげで、強引で、けっこういろんなことにあつかま
しい、というケタタマシイ性格だったので、電話の取り次ぎという強引なことをずんず
ん頼み込んでやらせてしまう、というところがあった。それでつぐも叔父に手紙で「な
にか急ぎの用があったら、電報よりも早いし確実だから、室石工務店に電話をかけて呼
び出してもらいなさい」と伝えていた。姉弟といえどもつぐも叔父のほうはもう少し遠

ね」

「ぼくたちはいま賢三君の部屋に交互に泊まりにいくことが多いんだ。その反対もあるけれど

つぐも叔父はぼくや裕を交互に見て言った。

「みんなにいろいろ面倒見てもらってありがとうな」

実の父親だというのに賢三君はまた少し困ったような顔をしてコキザミに頷いていた。

れたとや。勉強ば、ちゃんとしとるや」と少し優しい顔になって聞いた。

それから少し困ったような顔をしている賢三君にむかって、「どうや。学校は少し慣

た。

つぐも叔父は台所のほうに行ってガタゴトやっている母に聞こえるように大声で言っ

「いいや、姉さん、仕事ん休みがちょこっとできたけん、ひさびさ寄っただけやけん、

なーんも心配せんでよかよ」

見せてはいたが、その笑顔にはちょっと迷惑そうな気配があるような気がした。

も母屋に上がり込んでつぐも叔父をとりかこんだ。つぐも叔父はいつものように笑顔を

母はいつものように大騒ぎしてつぐも叔父を家の中に入れた。庭に出ていたぼくたち

「ときどき連絡よこせばいいのに。心配していたんだからね」

慮深いので、母の言うようなことは実際にはやらなかったのだろう。

ぼくはつぐも叔父に言った。

「そうや、そりゃよかった。わしゃそのあたりのことを、すこーし心配しとったとよ」

つぐも叔父の笑顔は本物になった。

それから置いてあったドンゴロスの袋を、思いだしたように傍らに引き寄せた。

「こりゃお土産たい。そげんゆうてもたいしたもんじゃなかけん」

言いながらドンゴロスの袋の中から新聞紙をうまく折って糊でくっつける、という、その頃一般的だった手製の紙袋を引っ張りだして「みんな食いやい」と言った。

裕がねずみみたいな素早さでその紙袋をあけると、色はせんべいみたいだけれど丸いボールみたいな形をしたものがいくつもあらわれた。

「げんこつせんべいちゅうとたい。見てわかるごつ、これを持って、みんなの頭ばゴツンとやったちコブができるね。そればってんいっぺんかじってみてんや」

子供たちはみんなそれを一個ずつ貰って、さっそくかじりはじめた。

「わあ本当だ。これ、本当にせ、せんべいみたいな味がする」おとなしい賢三君が言った。

「さあみんな食いやい。わしが仕事しよった黒部の山のほうじゃ、せんべいいゆうたらこのげんこつたい。みーんな一日一個は食いたい、と言いよるとよ。ばってんそげん買え

んけんね。山の中の人はみんな辛抱強かけんね」

間もなく数年前から頼まれて講師をしているソロバン塾から帰ってきた長兄もまじえて、その日は久しぶりに大勢で賑やかな夕食になった。つぐも叔父は酒を飲みつつ働きに出ている富山の工事現場の話や変わった食べ物の話なんかを、ますます元気よくなって沢山おしえてくれた。

ふだんお酒をいっぱい飲む人がいない家だったから、一人でも大きな声で話をしてくれる人がいると夕ごはんの席はまるでまつりのようになった。

つぐも叔父は長期にわたる出稼ぎに出る前よりも、何倍か陽気で元気になっているように思えた。

でも夜の九時になると子供たちは「もう寝なさい」と言われ、つぐも叔父が家作に戻るときまで賢三君は母屋でぼくたち兄弟と一緒にいることが許された。大人たちはなにかいろいろ話があるようだった。

それをいいことにぼくたちは布団の中にもぐり込んでいろんな遊びをした。その夜は賢三君がいつもより断然元気だった。吃音もずいぶん少なくなっているのに改めて気がついた。

つぐも叔父は一晩泊まって翌日の夜行列車でもう富山のほうに帰るというから、本格的に眠る時間になったら、賢三君とつぐも叔父は庭の家で一緒に寝ることになったらしい。

逆に言えばそれまでの時間、ぼくたちは布団の上やその中で遊び回っていいのだった。ぼくは賢三君に、つぐも叔父と久しぶりに会ったんだから何かお土産とか記念品みたいのを渡したらいいんじゃないの、と言った。

賢三君は、ぼくが予想したように、いつもみたいにまるっきりはにかんで、「そ、そんなのいいよ。だいいち、な、なにもないよ」

なんのつもりか体の前で両手をぐるぐる回しながらそう言った。それは賢三君独特の遠慮と恥じらいの動作だった。

「久しぶりに会ったんだから、本当になにかあげたほうがいいよ。なんだったらそれはぼくにまかせてくれるかい?」

ぼくは言った。もう中学生なんだからそのくらいの気づかいがあっていい、と自分で思った。

とはいえ、どんなものがいいんだろう、とぼくもやや考えてしまった。裕と賢三君がたわいもないことでふざけあっているうちにぼくは、家作の賢三君の部屋の中に入った。

出稼ぎ仕事中のつぐも叔父だから、そんなにかさばったものは相応しくないだろうと思ったので、賢三君が最近描いた絵なんかいいかな、と思ったけれど部屋に入ると彼の描いた絵などは一枚も貼ってなかった。

そうだったんだ。

大きなカン違いに気づいたあとで入り口の土間のところに、ずっと前に賢三君が作った、片方の翼の端にあけた穴に麻紐を結びつけてクルクル回していた、不思議なヒコーキ模型が転がっているのに気がついた。

ヒコーキは賢三君が作った、あの「ゼロセン」だった。その頃は紙ヒコーキとか組み立てキットのゴム動力で回す紙貼りの模型ヒコーキなどはあったけれど、賢三君のそれはまさに異色だった。見ているものが、ああそうか、こうしてグルグル回してもいいんだ、と感心するようなリッパなヒコーキだった。

材料がたいしてなかったのでそんなに大きなものではなく、一番長い主翼で二十センチぐらいだった。木切れで作ったので頑丈で、それならつぐも叔父の荷物の負担にはならないだろうと見当をつけた。

ぼくはそれを持っていき、賢三君に「これをつぐも叔父のお土産にしたい。ぼくから渡すからいいだろう」とことわった。

「そ、そんなのでいいかなあ」

賢三君は彼らしく少しとまどったようだった。でもそれで本人の許しを得た、という
ことだ、とぼくは解釈した。

明日のつぐみは叔父の荷造りを考えて、今日のうちに渡しておいたほうがいいだろう、
と思い、茶の間に行った。

茶の間はさいぜんまでの陽気な歌や賑やかな話は静まっていて、もしかしたら大人た
ちの宴は終わったのかな、といぶかしみながらどんどん部屋に近づいていくと、母も兄
も兄もつぐみも叔父もさっきまでと同じところに座って三人で静かに話をしていた。

ぼくは茶の間に近づいていくときに、母や兄などが喋っている言葉のなかに微かに
「タカシが……」という声を聞いたような気がした。部屋に入っていくのをやめようか、
と一瞬思ったけれど、それではかえって不自然になることがわかったのでそのまま部屋
の襖をあけた。そのときテーブルの上の端のほうに百円札のかなり厚い束がおいてある
のと、さらに母が急いでそれを自分の荷物の中に隠し入れるような動作をするのが見え
てしまった。いっぺんに居心地の悪さを感じたが、何もなかったようになんとかいずま
いをこしらえた。

母は「まだ起きてたの。あんたたちは明日学校でしょ。もうみんな寝支度をしなさ

い」と、すこし怒ったような声で言った。

その部屋の空気全体に、大人たちの大事な、少し秘密めいた話の気配を察したので、ぼくはとっとと賢三君のヒコーキをつぐも叔父に見せ、それがいかにカッコよく空を飛んだか、ということを話した。だからこれを賢三君からのお土産として持っていってほしい、と。

つぐも叔父はぼくが渡した、何度もドロに落ちて汚れたあとのあるヒコーキを手にとって、それを裏返したり、先端を自分のほうに向けたりしながら、いきなり両眼からポロポロ涙をこぼし、それをその場にいたみんなが見つめた。そしてつぐも叔父はその涙を隠したりしなかった。

小学校から中学に上がって何よりも面白く、大きな刺激になったのは、科目ごとに担任教師が入れ代わることだった。

教師によっていろんな人柄があり、個性があり、まずそれに慣れるまでが楽しかったり愉快だったり警戒したりした。

先生はそれぞれみんな違う考えかたで授業をすすめるのだ、というまったくあたりまえのことが、中学生になったばかりの頃はとても面白かった。

国語の子安先生は教室に入ってくると、どういうわけか首や左にはげしくゆする癖があった。普段廊下などですれ違うときはそんな動作はとくになく少しうつむきかげんに革のスリッパをひきずるようにして歩いていた。

朝など「おはようございます」と挨拶すると、こちらをちらっと見て口のなかだけでごにょごにょっと答え、たぶん、おはよう、と言っているんだな、とぼくたちはみんなでそう確認しあった。

ソラマメというあだ名の理科の教師はいつも医者が着るような丈の長い白衣を羽織っていて、顔も態度も明るい気配に満ちていた。

ソラマメというあだ名は細長い顔が似ているからだ、というのだがぼくはソラマメよりもえんどう豆に似ていると思った。

気持ちのいい話しかたをする教師で、　君たちは毎日の生活のなかで「不思議だなあ」と思うことがときどきあるでしょう。少しでもそう思ったらその気持ちを大切にしてほしい。そういう気持ちをいっぱい持ったむかしの偉い人にダーウィンという学者がいて、ダーウィンはいろんなものを見ていろんな「不思議だなあ」という気持ちを追求していった。そうしていろんなものや考えかたを発見した。そういうダーウィンの「不思議頭」をみんな大事にしてほしいんだ、と一番初めに自己紹介で言った。

ソラマメ先生は話す言葉に力とやさしさがあった。

そうか理科って面白そうだなあ、とそのときぼくは思ったのだった。

歴史の宮島先生は第一時限に現れたのに、驚いたことに、挨拶も自己紹介もなにもな

く、いきなり教科書の最初の章を読みはじめた。丸い眼鏡をかけて喋る言葉は一本調子

で、まだその日の授業が始まったばかりだというのになんだかクラス中の生徒が催眠術

をかけられたような気がした。だから最初のときからこの宮島先生の授業時間はなにか

内職をしたり本を読む時間だな、とみんな思ったようだった。

ぼくのクラス担任の吉野先生は音楽が専門であだ名はベートーベンという非常にわか

りやすいものだった。本人もかなりむかしから自分はベートーベンだ、と思っているら

しく、髪の毛はちょっと長いザンバラ。いつも黒スーツを着ていて「絶対笑うもんか」

というふうに、どんなときでも顔中に力を入れていかめしさをずっと演出しているよう

だったが、背がぼくたちと変わらないくらい低かったのであまり迫力がなかった。

こうして紹介していくとキリがないが、とりあえずここでは英語の花崎先生をなんと

してでも紹介しておきたい。

この教師は柄つきのシャツに黒い革のベストを羽織る、というのが基本の服装だった。

花崎先生はその芸能人みたいな衣装のわりになにか不思議な訛りがあって、それが普

段の会話のなかでいきなり現れたりするのが面白かった。本人はそのことに気がついているのかどうか、というのがぼくたちの最初の頃の楽しい時間だった。

五回目ぐらいの授業のときに、「今日はな、ちょっと問題のある日だから英語の授業を離れて、君たちにちょっと面白い話をしようか」と不思議なことを言った。授業を休むんならなんでもとにかく大賛成なので、みんな「わあ」などと言って大拍手をした。

「じゃあ、ちょっと窓際の生徒はごくろうだけどカーテンをひいて暗くしてくれないか」

何が始まるのか見当がつかなかったけれど、それでますます興味津々となった。ほかの授業と違ってクラス中の生徒がみんな花崎先生を見つめ、しんとしてなんの話が始まるのか待っている。

「この話はね、先生がまだ若い頃に親しい友人から聞いたんだ。少し怖いけれどまあ静かに聞いてくれや」

いきなり「怖い話」が始まるというのだから、みんなすっかり喜んでシーンとなった。

「その友人は家が貧しかったので、中学の頃に新聞配達のアルバイトをしていたんだ。あれは朝早く起きての仕事だからな。配達アルバイトはその新聞配達所にみんな泊まり込んでいた。みんな裕福じゃないから、五人いる配達員は四畳半の部屋に頭を揃えてイワシのくし刺しみたいになって寝ている」

そこでクラスのところどころでちょっと軽い笑いのようなものが起きた。でもそれからどんな話になっていくのか見当もつかないから、教室はすぐに水を打ったようにシーンとして、校舎のあちらこちらからうっすら聞こえる生徒たちの声や廊下を行く誰かの足音なども聞こえてくる。

花崎先生の話は淀みなく続いた。

「貧しくてそういうアルバイトをしているのだから、夕食などを出してもらえてアルバイトの人たちはとても満足していたんだな。でも朝が早いからみんな午後九時には寝るように言われていた。みんな素直な青年ばかりだから言うことを聞いて九時の消灯は守り、それぞれに昼間の仕事や学業の疲れもあるからみんなおとなしく早く寝たんだな」

クラス中の生徒は首だけカメみたいに前のめりにさせて、いったい何が起きるのか話の続きに集中している。

「ある日のことだ。たしか夜中の二時頃だったらしい。友人は部屋の一番奥の押し入れ側が寝場所と決まっていた。それで夜中にトイレに行きたくなって目をさましたんだな。トイレといっても小便のほうだ。いつも寝入ると早朝までぐっすりだったらしいが、その日は珍しくそういう状態になったらしい」

花崎先生はそこで少し口をつぐみクラス全体を見回した。まだ怖い話はまったく始ま

っていないのに、そういうふうにされるとカーテンで少し薄暗くなっている中で、花崎先生の痩せてどことなくいろんなところがとんがっている感じの顔が、ちょっと薄気味悪く見える。クラス中がしんとしたなかで花崎先生の話は続く。

「布団から出ようと思ったちょうどそのとき、友人の寝ている場所の反対側の端、廊下に一番近い布団からむっくり起き上がる者がいる。その男はぼくの友人より少し歳上だったらしい。前からそこに勤めていて、寝場所は廊下に一番近い側、と決まっていた。

彼は、そいつが同じようにトイレに行くのだと思って、また布団の中にもぐり込み、そいつがトイレから戻ってくるまで待っていた。ところが通常の小便にしてはえらく長い時間がかかりすぎる。長い時間を使う大便なのかと思って待っていたんだけれど、それにしてもあまりにも遅い。友人の小便も我慢の限界にきている」

そこでいったん話を中断し、クラスのみんなに話しかけた。

「誰かトイレに行きたい奴はいるか。いまのうちに行っておいたほうがいいぞ」

花崎先生の問いかけに誰も動かない。

「じゃあいいんだな。話を続けるぞ。友人は、我慢できなくなってトイレに行った。でも先にトイレに行った筈(はず)の男の姿はまるで見当たらなかった。おかしいな、と思いなが
ら用をすませ寝部屋に戻る途中で、廊下の外のむこうでチラッと灯のようなものが見え

（上段に振り仮名）としうえ

たらしいんだ。その方向には墓場がある。いま見た灯はその墓場の方向に違いなかった。

友人はすっかり目がさめてしまったので廊下から外に出たんだな」

花崎先生は効果的にそこでまた口をつぐんだ。

シンとした教室の中で、誰かがゴクリと生唾を呑む音がした。

「真夜中の道を三十メートルぐらい歩いたところに墓場がある。昼間などはその前を平気で行ったり来たりしていた道だった。友人はさっき見た灯を探してその墓場のほうに行ったらしい」

ゴクッと今度は違う方向から唾を呑み込む音が聞こえた。

「墓場の中に入っていくと先のほうにおぼろな灯が見えた。小さなローソクの灯だったらしい。その前にしゃがんでいる誰か人のような影が見える。友人はその方向にそおっと進んでいったらしい。すると闇の中だったけれど細い月と星あかりの中でひとつの墓の前に座って何かしている人の姿が見えてきた。そいつは墓にむかって背中を丸め、熱心に何か食べているようなしぐさとその音が聞こえてきた。そして怖いことに本人には見えていないのだろうけれどそのまわりをタマセンが三つほどふわふわ飛んでいたらしい」

「ヒーッ」

女子生徒が押し殺した悲鳴をあげた。

「カリッ、コリッ。カリッ、コリッ。ぼくの友人の耳にそれはよく聞こえた。間違いなくそれは墓から掘り出したカリコツを人間が噛んでいる音だった」

「ヒーッ」

さっきと同じ女子生徒がまた低く叫んだ。

「ぼくの友人はその段階でこれはただごとじゃない、と思って墓場を逃げ出したらしい。でも慌てていたので、不用意にそのあたりにころがっていた古竹の束を踏んでしまった。その音に墓の前のその男が気がつかない筈はない。友人はとにかく慌てて寝場所に駆け込んだ」

ため息とも安堵ともつかない、まだ存分に充満している恐怖の吐息がぼくたちの教室中に満ちた。

花崎先生はもうすっかり教室中の生徒をトリコにしてしまった気分だったのだろう。

「ぼくの友人は自分の布団にもぐり込んでまだ荒い息を必死に抑える努力をしたそうだ。墓場から戻ってきたそいつがそおっと部屋に入ってくるまわりには鼾が充満している。彼はまず自分の寝場所の隣、廊下から二番目に寝ている仲間のところにそおっと様子がわかる。ぼくの友人は薄目をあけて彼が何をしているのか、そおっと様子座って何かしている。

をうかがっていた。どうやら仲間の胸に手をあてて鼓動を調べているらしい。なるほど頭のいい奴だ、とぼくの友人は感心した。でもそれよりもそいつがいつ自分のところに来るのだろう、という不安でますます動悸（どうき）は激しくなる」

花崎先生は自分の片手を自分の胸にあてて、鼓動を調べている様子を示してみせた。

「ヒー」

という抑えた悲鳴が何人かに増えていた。

「そいつは一人ずつ胸に手をあてて慎重にその鼓動を調べているようだった。そうしてその部屋の一番奥、つまりぼくの友人のところまでついにやってきた。いままでほかの者にやってきたように友人の胸に手をあてる。冷たい手だったという。それからそいつは……」

花崎先生はそこでしばらく沈黙した。

それから、いままでどこに隠しておいたのだろうか、と思うような大きな声で、

「おまえだあ！」

教室中からいろんな悲鳴が聞こえ、男子生徒の何人かは自分の机の上を両手でガシガシ叩（たた）いたりした。

その日の授業はそれで終わりだった。

中学校ってやっぱり相当いいなあ、とぼくは思った。それから花崎先生は、とくに女子生徒から人気者になった。

中学生は秋の終わりに海岸に行って「海苔ひび」に使っている古竹を全部抜いてきれいに清掃する、という集団での仕事が毎年あった。

これはもう十年ほど前から沿岸の漁業組合との話し合いで決められた集団奉仕で、見返りに漁業組合から学校に対して、その年ごとに違うがみんなが使っている体育用具や教室の備品などが贈られることになっていた。

海苔は陸の畑や田んぼの苗育てや刈り入れと似ていて、秋頃に沿岸から三百メートル以内に竹を長四角に打ち込む。それは漁師によって区画が決まっていて、その区画の要所要所に、翌年の夏までもたせなければならないのでかなり頑丈に海底の泥砂の中に竹を打ち込む。漁師はその竹に海苔の種を仕込んだ網を張り詰める。海底に触れてしまうと海苔が育たないので、干潮になっても海水に覆われるように水脈にそって植えられることが必要だった。生徒らは一年間使われた古竹をそっくり引き抜く仕事をするのだ。古竹といっても頑丈に打ち込まれているので、根っこまですっかり引き抜くには力がいった。

朝といってもいったん学校に集合してから海岸に行くので十時すぎの時間になってい
て、その頃はまだ完全に潮はひいておらず、午後はまだ明るいうちに潮が押し寄せてき
て満潮になってしまうので、この仕事は金曜日と土曜日の二日間かかった。

それでも全校生徒がそれに取り組むので、なんとか二日間でやりとげることができる。
最終日には海岸で解散になるので、ぼくは前の日にカッチンやマサル、昭一などに話
をしておき、ずっと前の暑い季節に毎日のように遊んでいた漁師小屋が立ち並んでいる
ところに再集合した。ぼくはみんなを集めて言った。

ぼくの叔父さんが貝灰工場に雇われていたのだが、何者かの仕業によって工場にあっ
たアルミやアカなどが盗まれ、それが叔父さんのせいになって、いまはどうも警察にも
届けられている。本当の犯人はこの海岸に住み着いて、そういう鉄ものやアカを集めて
いる、ぼくたちとちょっと知り合いになったあいつが怪しいのではないか、ということ
を力をこめてくわしく説明した。

みんなはぼくの言うことにがっちり頷き、ぼくがその日提案したあのおっさんのとこ
ろを調べに行きたい、ということに賛成してくれた。もうしばらく会っていないし、も
しまだいたとしても、なんと言って話を切り出したらいいのかぼく自身もよくわかって
いなかったが、とにかく行ってみないと何もわからない、と三人同じ結論を口にした。

中学になると「結論」なんていうコトを自分たちで言えるのだからたいしたもんだ、とみんなで自慢しあった。

あのおっさんの住処がどこかみんな覚えていた。ちゃんとした沿岸漁師ではないので竹やムシロや藁などで覆った物置小屋のようなところだった。

もしあのおっさんが酔っぱらっていてぼくたちにむかってくるようなことがあったら、足の速いマサルが防風林の中に点在している漁師の家に走りこんで交番に連絡してもらう、という段取りまでつけておいた。

ぼくたちはなんの役にたつのかわからないけれど途中で拾った竹棒などを持って、大体の見当がついているあのおっさんの住処を探していった。けれどおよそ半年もその防風林のあたりに行っていなかったので、なかなかめざすものは見つからなかった。

「ああいう人はまたどこかにフラフラ行ってしまうのかもしれないね」

「海岸のアカとか鉄屑はだいたい取りつくしたから、新しい場所をめざしたんかなあ」

口々にいろんなことを言いながら探検隊になったような気分で林の中を歩いていった。

しばらくしてカッチンが林の中にムシロがちょっとした小山のようになっているところを発見した。

「ああいうのの下が隠し場所になっているんじゃないか」

カッチン以外は口をつぐみ、ソロソロとそのムシロのそばに行った。ぼくはもしかするとそのムシロの下にあのおっさんがいるんじゃないだろうか、などと思ってしまったのだ。

みんなで一斉にそのムシロをひっぺがした。

その下には古い木材の木っ端が乱雑に重ねてあった。木の色や形からベカ舟の端材らしいとわかった。こういうのは漁師たちがたいてい浜で焼いてしまうもので、こんなふうに湿った防風林の中にため込んでいるのはヘンだった。

「あのおっさんがこの近くにいるのかもしれないぞ」

マサルが言った。

二年ぐらい前にあのおっさんが浜で焚き火をしていて、芋を焼いているのをみんなで思いだした。

「そういうときのために焚き火の材料を林の中に保存しておいてる、っていうことはありだよな。じゃああいつやっぱりこのへんにまだひそかに住んでいるんだろうか」

昭一が探偵みたいにして両腕を胸の前で組み合わせながら言った。

陸風の時間になったらしく林のそれぞれの梢がわらわらきしきし鳴った。小枝と小枝の擦れる音がキシキシいっているのだ。

「もうじき暗くなるぞ」

ぼくは言った。いきなり花崎先生の怪談話を思いだしていた。あのとき先生は火の玉のことをタマシイじゃなくてタマセンと言い、ガイコツのことをカリコツと言っていたのを思いだした。わざと言ったのか、先生が子供の頃に住んでいた土地の言葉なのか、あるいは恐怖のあまりぼくの単なる聞き違いなのか、どれも結局わからないままだった。

ボールド山の事件

　母の舞踊教室は秋のいい季節になってから、以前と同じくらいのお弟子さんが集まるようになっていた。その中には例の「おさらい会」で、ほかのお師匠さんの一団に加わって分裂していった人などの顔もあり、母はすっかり機嫌がよくなっていた。

　つぐも叔父（おじ）が富山の現場に帰る日に、「だいぶ世話になっとるけん、これば姉さんに持ってきたったい。なーに、むこうで、家の雨漏りの修繕やらを、ときどきてつどうとる人からもろたもんたい」と言って、大きな木綿の風呂敷にくるんだものを稽古場に持ってきた。

　日曜日のまだお弟子さんが誰もいない時間だったので、ぼくと賢三君と弟の裕の三人で「剣舞」のときに使う竹光（たけみつ）の模擬刀を使って「やっとう！」「なにをこしゃくな」などと言いながら、丹下左膳（たんげさぜん）ごっこをしているときだった。丹下左膳はぼくで、賢三君と裕は追っ手の同心と与力（よりき）という配役だ。

剣舞用の刀の刃は薄く削ってある板で、その上に銀色の塗料が塗ってあった。だから、それで本物のチャンバラのようにするとあちこちに傷がつき、刃などボロボロになってしまうので、本当みたいに「斬りあい」をすることはできない。でも、ぼくと弟の裕は、母が見ていないときに庭ではちぱち斬りあいをしていたので、もうすでに十分「ハコボレ」していたのだが、母はそういうこまかいことには気がいかないみたいだった。

その日などはつぐも叔父が素晴らしいプレゼントを持ってきたので、母の気持ちはもっぱらそちらにむいていて、ぼくたちが怒られる心配はなかった。

ぼくは救急箱から見つけた絆創膏を五センチぐらいに切ったのを片目に貼って、丹下左膳になりきっていた。それでも、つぐも叔父が大きな風呂敷包みを抱えて稽古場にやってきたときから、母とつぐも叔父とのやりとりは片目で見ていた。

その包みはつぐも叔父が帰ってきたときから庭にむいた部屋の端っこのほうに置いてあって、いったい何が入っているのだろう、と気になっていたものだ。

風呂敷の中から出てきたのは「ポータブル蓄音機」だった。ハンドルを回しゼンマイ仕掛けでレコードを回転させるものだ。それのもうひと回り大きなのを、学校の音楽教師で担任の吉野先生は教壇の上に置き、ベートーベンの名曲の旋律、というものを学習するときに使っていた。

名曲にはまるっきり興味がない多くの生徒はその時間、机の上に両肘をたてて頭をお
さえ、いかにも感動して聞いているようなふりをして、半分眠りの態勢に入っていた。

「まあ、嬉しいわあ。お弟子さんたちと、こういうのがあればいい季節のときに野踊り
なんかできていいのにねえ、なんてよく話していたのよ。高かったんでしょう」

「だけん、いまゆうたごと、富山のほうで世話になっとるとこから、もろたもんやけん」

あつまりと叔父は困ったようにしてそう言っていた。

つぐも叔父は困ったようにしてそう言っていた。

自然にぼくたちのチャンバラごっこも休憩になり、母が「早速、音色をためしてみま
しょうかね」などとウキウキした声で言うので、ぼくたちも自然にそのポータブル蓄音
機のまわりに集まっていた。

母は和室の棚にいっぱい並べてあるレコードの中から一枚をとりだしてきた。

「姉さん、こりゃ電蓄とちごうて、ゼンマイのほどける力で回すもんやけん、このハン
ドルを端のほうにある穴に入れて回して力を溜めてからせんと。賢三、手本ば見せてや
らんね」

「ぼくがやるよ」

裕が言った。

「裕ちゃん、はじめんほうは、ちょっと力がいるけん、まず賢三にやらせるばい、姉さんもそれば見て、力のコツばつかむとよか」

母が扱い方をそこそこ理解したのを見届けて、つぐも叔父はその日の午後にまた富山のほうに戻る、ということを母に告げた。

「あら、まあ気の早いこと。もっとゆっくりしていけばいいのに。今日は混ぜごはんのおいしいのを作るのよ」

母は蓄音機から聞こえてくる音楽にあわせて、なんとなく体全体を揺すりながら大きな声で言った。レコードの音楽の音が大きいから、ついついそうなってしまうようだった。

「いや、この土曜日と日曜の二日、休みば、もろてきただけやけん、現場は休みなく働いてるけんね。賢三の様子もおかげですごく元気なこつがわかったし、もう、何も問題なかです」

姉弟とは思えないくらい丁寧に挨拶してつぐも叔父は、「荷支度がまだのこっとるけん、またあとで」と言って家から出ていった。

誰かあけっぱなしにしていたらしく、いつのまにか入り込んでいたジョンが玄関のと

ころでくうくう鼻を鳴らしている。その様子が気になるとみえて、ネコのハチが玄関の
ほうに飛んでいった。

　中学に入った当初は科目ごとに教師が替わり、それぞれ思いがけないような口癖や、
黒板に書いていく白墨の文字に特徴があり、話のムズカシイ教師や、うまいんだか下手（へた）
なのかわからないけれど、早口のせいで言っていることの殆（ほと）んどを理解できない教師がい
たりするので、そういうときぼくはけっこう焦った。

　でも同じクラスに小学校からの遊び友達、カッチンや昭一がいたので、昼休みのとき
など、その教師の授業について互いの意見を交換した。

　カッチンも昭一も「早口でボソボソ言うのでまるでわからん」という意見だったから、
ぼくも安心した。

　その教師の授業科目は「社会」だったから、地理とか歴史などいろんな方向に内容が
広がっていく可能性がある。ぼくとは違うクラスだったけれど、賢三君もその教師の授
業を受けているので同じ話をしたが、賢三君は「あの先生の授業は好きだ」と言うので、
ちょっと驚いた。

　よく聞いてみると、あの教師は同じ調子でダラダラ喋（しゃべ）っているだけで、生徒に突然

「なにか問いかける」ということはないのでずっと安心していられる、という理由だった。もうだいぶ普通になってきていたが、賢三君には吃音があり、驚いたときなどすぐに返答するということがまだ克服できずにいる。

絶対にそういうことがない授業だと、「聞く」ほうに神経が集中するからなのか、教師の言っている意味がよくわかるんだ、と思いがけないことを言うのだった。

なるほどそれならば、いたずらに突発的な質問などしないで、ずっと教科書に沿って話を続けてくれたほうが教育上いい、ということを他の教師にも知らせられるのだが、今の自分の学習能力と度胸では、とてもそんなことはできないだろう、ということもよくわかっていた。

賢三君が苦手なのは音楽と国語だということもわかった。音楽がいやなのはぼくも同じだった。

「ピアノを弾ける人ならばそういう話も面白いだろうけれど、殆どの生徒には関係ないもんなあ。だから中学の音楽の授業はなんのためにあるんだろう、と思うことがあるよ」庭のせんだんの木の下でそんな話をしていると、ジョンやハチが「なんですか？　なんですか？」というように、ぼくと賢三君のまわりに寄ってくる。

「この音楽という授業はやがて高校に行っても、こちらの関心とはまったく無関係にか

「そ、そうだよ。ぼくもそういうこと考えて、中学の先生は職業専門学校に行きたい、と
とうちゃんに言ったんだ。そ、そうしたらだめだって言うんだ。とうちゃん、げ、現実
がまるでわかっていないんだからなあ。夜、寝るときにそ、そういう話ちょっとしたん
だけど、お前はもっと上級の学校へ行けって言うんだ。だから気まずくなってとうちゃ
んは、い、一日早く富山に帰ったんだ。だってそんなに簡単に上の学校には行けないで
しょう。成績だけじゃなくても……」

賢三君はそこで口をつぐんだ。彼がそのあとに言いたいことはぼくにもわかっていた。
同じ問題はぼくにも同じようにあったのだから。

将来自分の行きたい学校には成績はもちろんのこと、そのための学費を考えると、長
兄の会計士の仕事と母の危なっかしい舞踊教室で今がせいいっぱいの収入では、わがま
まは言えない。そういうことをはじめてぼくに話してくれたのは、すぐ上の兄の崇だっ
た。

「父さんが逝ってしまうと、もし兄さんがいなかったら、おれやお前なんかも路頭に迷
うことになるんだぞ。この家にだって住めるかどうかわからない。だってこの家の土地
は借り物なんだし借金がいっぱいあるし……」

いきなり重大なことをはじめて聞かされた。父に似て無口で無愛想で、痩せた頬の崇は少し神経質に考えすぎているような気もしたが、崇ぐらいの歳になるとそういうことも常に考えていなければいけないのだろうな、ということもわかった。

それから兄がその当時、ずっと厄介になっているところの話もした。

兄が通学していた途中に「石材問屋」があり、そこで泊まり込みの長期アルバイトをしていた、という。崇が今年の春まで通っていた私立の高校は「聖書学園」という。

「毎日アーメンソーメンって言っているところから、ナムアミダブツのところが実質おれの命を支えてくれたんだよ」

おそらくちゃんと互いに理解しようと話を交わしたのはそのときだけのような気がする。

それから崇は睡眠薬自殺（未遂）をはかった。久しぶりに崇が自宅に帰ってきて母がはしゃぐように喜んで迎えた晩のことだ。

その頃ぼくが住んでいた千葉の海浜田舎町にはまだ水道がとおっていなかった。だから今では珍しい「水脈探し人＝ダウザー」という職業の人がいて、井戸を掘ろうとするときはそのダウザーに頼んだ。いろんなダウザーがいるが必ず両手にL字型になった太

いハリガネ、あるいはちょうどその形になった木の枝を持って候補の土地を探索して回る。

両手を握って真ん中を丸くした中で、そのL字型指標がぐるぐる自然の作用のように回り、先端がピタリとぶつかった下に水脈がある、と信じられていた。

多くのアタマの固い人はそんなのペテンだ、と軽く言うが、このダウザーは世界中にいる。まあこの話の真贋については別の機会にしよう。

ここでの話はこのダウザーによって、我が家の庭の何もないところから、いきなり水が噴き出したということだけで進めていく。

有り難いことに普通の水で、湯でも石油でもなかった。湯なら即座に温泉宿だ。石油なら億万長者だ。

で、話はその日、ぼくと賢三君が一緒に風呂につかっていたときのことだ。

一キロほど先の森の中からドカン！ と地上百メートルぐらいの火柱があがり、続いてさらにドカンドカンという爆発音がした。

「火事だあ！」
「火事だあ！」

ぼくと賢三君が互いに少し違うトーンで叫んだ。

どどどどっと、長兄とその日仕事の打ち合わせでやってきていたお客らが、風呂場に駆けつけてきた。

「この風呂場じゃない。火事は外です。ボールド山のほうです」

ぼくは叫んだ。この人たちなにをトンチンカンな、と思ったが、風呂場のほうで「火事だあ」「火事だあ」と叫んでいたのだからみんな風呂場のほうに駆けつけるに決まっている、ということにあとで気がついた。

急いで庭に出た大人たちは、疎林や家々が続く先に赤い大きな火炎が膨れ上がっているのを目にし、「大変だ。あれはどこのあたりだろう」などと、興奮した声で喋っている。

夜に見る炎はことさら大きく感じられるものらしく、そのために距離感がうまく摑めない。

ぼくと賢三君は腰にタオルをまいたまま庭に出てあちこち移動し、その方向を確かめることにした。発見したときは今すぐ逃げたほうがいい、と思うくらいに近い火事に見えたが、よく見るとけっこう離れているところらしい、とわかってきた。

「あれはボールド山のへんみたいだね」

ぼくは賢三君に言った。

「そ、ぼくにもそのくらいの距離に見えた。夜の火事は、と、とにかく怖いよね」

そのときぼくは、賢三君が、一人の留守番が怖くて押し入れの中でローソクをともして、ついうっかりそのまま寝入って火事を起こしてしまった、という忌まわしい記憶をそっくり引きずり出してしまった、ということに気がついた。

いきなりの火事発見で、ぼくにはそこまで気が回らなかったのだ。

とにかくのんびりしてはいられない、という気になって、ぼくたちは服を着てまるで消防士のような気分で外に出た。ふだんあまり人の通らない道を、何人もの人が懐中電灯をつけて足早に歩いている。

目的地の見当はついているので、ぼくたちは駆け足でずんずん進んだ。途中までは小学生のときに通っていた道で、そこからYの字に折れていく。驚いたことにもうその道に入ると、火事の明かりで道が反射して光って明るくなっていた。

燃えているのはぼくたちが見当をつけたとおりボールド山で、その奥に入っていく道の脇にある、菜種油を採取する小規模な製油工場のようだった。すでに消防車が数台来ており勇壮に消火活動をしている。警察の車や救急車も来ていて、警察官が数人、おしかけてくる野次馬の整理などをしていた。

畑ひとつ隔てたところに道があり、ぼくの家の方向から来た野次馬はそこから前に行くことを止められていた。

ボールド山はジョンの散歩などのためによく来るところで、何人か知っている人がいる。その人たちが気になったが、このあいだまで小学生だったぼくたちがそこに行きついても邪魔になるだけだろう、と自覚した。

それにしても消火活動とはいっさい関係ない人たちが、こんなに沢山集まってくるのが不思議な光景だった。

みんな口々にいろんなことを言っている。あの工場は正式な認可を受けていないからこんなことになるんだ、経営者は工場には来なくて息子二人が実質的に運営しているんだ、というような、要するに火事場のどさくさ情報だ。

その中にいきなりショッキングな話が聞こえてきた。工場をやっている兄弟の兄のほうがボイラー操作を誤って火ダルマになり、工場のすぐ外にある芋畑の上を叫びながら転げ回って火を消そうとしていた、というのだ。その工場の兄弟とはときおり顔をあわせて知っていた。お兄さんのほうは髪の毛がぼうぼうとして、口髭も濃いので山賊みたいだった。でも気のいい人で挨拶すると「おお元気かあ」などと、片手を振って挨拶を返してくれた。

今の話が本当だとしたら、全身火ダルマだというから相当な重傷だ。夜の闇と火事の炎の予想もつかないところを走り回る赤い光がどうにも不穏に交差し

て、果してこういう見物をいつまでもしていていいのだろうか、というおさまりどころのない気分が次第に高まってきた。それは賢三君も同じだったようで、口にはしなくても「家に戻ろう」という気持ちになっていた。

途中、ぼくは電撃的に「あっ！ あいつ、どうしただろう」と大きな声で言った。こういうときに勇んでやってくる犬のジョンのことだ。賢三君と風呂場で火事を見つけたときには、賢い奴だからすでになにかただならぬことが起きている、ということを察していたようで庭をウロウロし、ぼくたちが外に出ていくと、「待ってたんだよ」とばかりに、ぼくたちのまわりをぐるぐる回って、彼は彼なりに我々に「異変」を伝えていた、というところまではぼくも賢三君も覚えていた。

問題はそのあとで、前方の燃え盛る火にばかり気をとられていて、大勢の野次馬の中でジョンのことはすっかり忘れてしまっていた。

「ジョンのことだから大丈夫だよ」

賢三君はそう言ってしきりにぼくを安心させようとしていた。でもぼくは最近この町の役所に保健係というのができて、そこが「犬の放し飼いをやめよう」という運動を開始し、月に何度かの「野犬狩り」を始めるらしい、ということを母のところにやってくるお弟子さんらの話で聞いて知っていた。

ぼくは賢三君にはそこに残るように言って、すぐにさっき来た道を戻ることにした。

今度は火事場見物帰りの沢山の人とすれ違うことになる。今じぶんになって火事場見物にノコノコ出掛けるみたいで体裁が悪かったが、どこかでなにかのアクシデントに見舞われ、ジョンが動けなくなっていたら大変だ、という気持ちが大きかった。

火事は大方鎮火し、人の姿もだいぶ減っていた。暗闇であるのをいいことにぼくはジョンの名を呼んだ。二度三度、場所をかえて呼んだ。そういう呼び声よりもジョンの場合は、ぼくの匂いで遠くから察知してくれる。

でも、察知しても野次馬がごったがえしている中を、ジョンがウロウロしていて、取り締まりの一号などといって保健係に連れていかれたとしたら一大事だった。ぼくはそれから三十分分ぐらい歩き回った。

ああ、迂闊だった。悔恨が頭の中でぐるぐる回っていた。そうして、今はとりあえず家に帰るしかないのだろう、と覚悟した。

Yの字になった分岐点に来たところで、前方からちょっとした蒸気機関車のような息をはいて、地面を爪でかいてフルスピードでやってくるものがいた。

それがなにかすぐにわかった。

「おお！　ジョンか、ジョンじゃないか」

道にしゃがんだぼくの頭にジョンがぶつかってくる。その後ろから賢三君が駆けてきた。

「ジョンはあれからすぐに戻ってきたんだよ」

「そうかそうか。ジョンのほうが賢いなあ」

ジョンの体の下側がびっしり濡れている。匂いをかいでみたが、ガソリンや石油のたぐいではなかったから、どこかで誤って水たまりに落ちてしまったのだろう。

みんな風呂をすませているのを確かめてから、ジョンを風呂場に連れていって体を洗ってやった。その途中で洗い桶の湯を飲もうとするので、風呂よりも喉が渇いていて水を先に飲みたいのだとわかった。

火事騒動から数日経た日曜日、母が「今日は崇の面会日になっているので一緒に来なさい」と言った。洗濯物や差し入れの食べ物などがいっぱいあるので、それを持っていく役目だ、とすぐわかった。

ターミナル駅から二輌連結の可愛い私鉄電車に乗って、この前来たときとだいぶ木々の葉の色が変わっているのを眺めながら、ぼくは崇がどんな変化を見せているか期待と不安を交錯させていた。

この前と同じ手続きをすませると、「そろそろ秋も終わりですが、庭のテーブル席で
ご昼食なさいますか?」と、受け付けの人が丁寧な言葉づかいで言った。母はぼくの顔
を見てからそれに賛同し、ぼくたちは回廊を曲がって中庭のようになったところに案内
された。プラスチック製の丸テーブルと椅子が十セットぐらい。 地面には秋の木の葉が
ときどきの風にチリチリ音をたてて地表を回っていた。

待つ間もなく看護婦さんのあとについて崇が中庭に出てきた。

崇はこの前とくらべると不機嫌な顔つきをしていた。

それには構わず母はいつものように、「まあ元気そうね」と、強引に言った。それから
しばらく一方的に、我が家とそのまわりのいくつかの出来事を話した。ボールド山の菜
種油工場の大火事のことも話した。

崇はこの前会ったときよりまたひと回り太ったようで体つきが丸くなり、さらに少し
面がわりしているように見えた。

家から魔法瓶に入れてきたお茶を、母はこの病院に用意してあるカップに注ぎ、持っ
てきた崇の好きな里見饅頭の包みをあけた。

それを見ても崇の顔つきは変わらなかった。 今は空腹ではないのかもしれなかった。

「コンデンサーがイカレてしまってね」

崇がいきなり言った。

「部屋でいろいろ教わっているナカヒラ君が〇・二ミリのコイル二重巻きにしたらいいと言うんだけれど、それが間違っていたのかもしれない」

崇は基本的に母の顔もぼくの顔も見ていないようだった。

「専門の部品屋に行けば、一番いいのを自分で探せるんだけれど、まだ一人での外出はゆるしてくれない。ナカヒラ君は町に出たくないというし」

崇はそこまで言うと少し黙った。ぼくも母も同じように黙った。何をどういう言葉でそれに応えていいかわからなくなっていたのだ。

さようなら、ジョン

中学校の裏手のほうにちょっとした湿原があった。正確には放置された休耕田だったが、ぼくたちはそんなふうには呼ばなかった。小学生の頃は見たとおり「泥田」と呼んでいたが、そこにはけっこういろんな水生植物が生えていて、水の量も多かったので、やがて、小さな湿原と呼ぶべきなのだろう、と考えるようになった。

そのへりに沿うようにして幅二メートルほどの本当に健気な小さな川が流れていて、ところどころにある田んぼの灌漑用水として、ときおり利用されていた。

あまりにも小さな川なので、そのほかのことにはとくに何に利用される、ということもなく、田んぼにはならない湿地帯にときどきシラサギやオオミズナギドリが飛来してきた。そしてシラサギはのどかに、オオミズナギドリはけたたましい鳴き声を聞かせていた。

子供たちにとってはちょうどいい遊び場で、胴体の赤いのはアカタと、暗い深緑色の

はアオタと呼んでいたアメリカザリガニがけっこういた。

季節によって、水深が深くなったり浅くなったりするのも子供らにとっては面白く、深いときにはフナやハヤ、カンニョッコと呼ばれているウナギの稚魚などがいた。そこらで拾ってきた枯れ竹を裂いたものや、ナイフで切った篠竹などにミチイトがわりの木綿糸を巻き付け、針にタニシや小さなミミズなどをつけるカンタンな仕掛けだけでけっこういろんなものが沢山釣れた。

でもそういう雑魚はごはんのおかずになるわけではないので、バケツに入れておいて、最後は半分ぐらい死んで浮き上がっているのをみんな川に流してしまう、というちょっと残念で残酷なことを夢中でやっていた。

ときどき家から持ってきたスルメの小さな切れっ端なんかをイトでしばり、それを竿に巻いて川の流れに入れる。小石や古クギなんかがあると、イトに巻いてオモリにする。季節によるのだろうがいいタイミングのときは、そんな仕掛けでアカタやアオタが沢山釣れた。それを家に持ちかえり、茹でてもらうと顔が自然に笑ってしまうくらいおいしかった。

小学生のときは昭一やカッチンなどとよくその釣りをやった。ザリガニが不漁のときは別の方法でシジミをとった。方法というほどのことでなく、これは、いい場所にアタ

ルとちょっと掘るだけでザクザクと飽きるくらいとることができた。その頃はすぐ上の兄の祟なども時おりぼくたちと一緒にきた。でも六歳上の祟はあまりいつまでもぼくたちと一緒に同じことをしていることはなく、たぶん飽きたからなのだろう、ポケットから宮田の豆ハーモニカ、と呼んでいたのを引っ張りだし、少し離れた土手に腰かけて自分の好きな曲を繰り返し吹いていた。

いろんな手頃な生き物が沢山捕れたのはその頃までで、ある年に上流のほうから大量の農薬が流れてきて、小魚や蟹や貝、そしてエビガニなども全滅したことがあった。まだ小学校に通っていた頃だったけれど、朝礼のときにカボンスというあだ名の先生がそのことを角ばった声で話し、きみらは当分あの川には近づかないように、ということを力をこめて言った。

当時はその教師がなぜカボンスと呼ばれていたのかくわしい理由は知らなかったけれど、小柄で頭がとても大きく見えるので「仮分数」の意味だった、ということをあとになって知った。生徒によってつけられた先生のあだ名は代々受け継がれていくので、カボンスなどは年季の入った、のちに知った表現ですればレジェンド級の偉大なあだ名だったのである。

中学の授業が終わり校庭に出ると、晴れた日は学校裏からさらに先に行ったところに

広がる湿地帯と、その奥にかなり長く横に続いている丘陵地帯に立つ高さ十五メートルほどの樹々が、夕方近い斜めになった太陽にくっきり照らされて美しく、これは風景としてはけっこう世間に自慢できるのではないだろうか、などとふいに深く感心したりした。そうではあったけれどあの農薬事件以来、その川に遊びにいくことも少なくなってしまった。

日曜日など、犬のジョンを連れて何度か行ったことがあるけれど、ジョンにとっては刺激が強すぎる場所のようで、相変わらず飛来してくるシラサギなどを追いかけていっ て全身をドロだらけにしてしまうので散歩にも行かなくなってしまった。

いくつか声をかけられていたクラブ活動は、どのスポーツが自分にあっているのかわからないまま迷っているうちに秋になってしまい、校庭で元気に走り回っている生徒を なんだか眩しい気持ちで眺めるようになってしまった。

賢三君は「園芸部」というやさしい気配のするクラブに入っていた。その町は享保（きょうほう）の大飢饉（だいききん）のときに青木昆陽（あおきこんよう）という蘭学者が薩摩芋（さつまいも）を栽培する効果的な農業方法を開拓して飢えに苦しむ人々を助けた、という誇らしい史実があったので、中学校ではそれにちなんで生徒たちにもっと広く植物全般の栽培や研究をするようにすすめており、よその

中学ではあまり聞かない園芸のクラブ活動が奨励されていた。
賢三君はぼくの家の庭に、母が自分の好みでいろんな植物を植えているのに興味をひ
かれていたようだった。雨のふらない夏休みの頃に母は、ぼくたちによく植木の水やり
をいいつけていた。

「夕立ぐらいでは栄養が足りないのよ」と母はそういうときによく言っていたが、植物
にとっては水などが栄養になるのだろうか、とぼくは不思議に思っていた。

賢三君はそんなことにはとらわれず、水をやると植物によって確実にシャキッとする
のとそうでもないのがあることなどが気になるらしく、ぼくにもそういう感想を述べた。
ぼくはあまり興味がなかったので、母に水やりを命じられると、もっぱら賢三君にそ
の仕事をまかせ、ぼくはまったく別の自分の好きなことをやっていた。

だから賢三君が園芸部に入ったことは大いに納得できたけれど、実際の学校のクラブ
活動で具体的にどんなことをしているのかちょっと気になった。だいぶ遅れた入部だ
ったけれど、陸上は基本的に個人スポーツなので、全員でやるのは基礎的な運動だけで、
あとはいろんな種目を体験していって、自分にむいている種目を見つけていけばいい、
というのを知った。

ぼくはカッチンに前から誘われていた陸上部に入ることにした。

カッチンは短距離走がむいている、ということを発見しており、事実、小柄な体を活かすように小学校の頃から遊びのときにすばしっこくよく走っていたので、クラブ活動そのものを楽しんでいるようだった。

ぼくはその町の自然のなかでの様々な遊びで、走るのも泳ぐのも、木にすばやく登るのも得意だったけれど、競技として自分は何に一番適しているのか、ということは入部してしばらくはわからなかった。

そんなぼくのつまりは狼狽しているような様子を見て、墨田という陸上部の担当をしている教師が「君は走り幅跳びをやったらいいかもしれないぞ」と、アドバイスしてくれた。さしたる強い目的もなくドタドタ走っているようなぼくをどこかで見ていてくれたらしい、ということを知って急にやる気になった。我ながら単純な性格で少し恥ずかしい気もしたのだけれど。

走り幅跳びを集中してやっている部員は十人ほどいた。

墨田先生の紹介によってぼくはそのチームのリーダーらしい先輩と話をした。半ズボンの下の足の筋肉が歩くたびにキリキリ動くような、坊主頭の精悍な顔をした先輩だった。

そしてぼくはその日から跳躍の練習に加わった。部員は男女二十人ぐらいで、一年生

は六人だった。最初の頃はもっと新入生がいたらしいのだが、家業が漁業だったり農業だったりして、繁忙期には部活を丸々休んでしまう生徒がいたようで、ぼくが思っていたよりも活気という気配はあまり感じなかった。

一年生の部員で同じクラスの生徒はカッチン以外誰もおらず、校舎のなかで顔をあわせる生徒がチラホラいても、ちゃんと話をしていた生徒はあまりいなかった。結局同級生でぼくを誘ったカッチンだけが親しい知り合い、ということがわかった。

みんなそれぞれ自分の選んだ競技の練習をやり続ける、というのが陸上部のやりかただった。集まった最初と終わりのときに全員揃って徒手体操をする。大きな輪になっての体操だから、そのときに墨田先生がいると何か気がついたことを話してくれた。

ぼくは入部して三週間ぐらいは、一年生の何人かで校庭のまわりをいろんなスピードで走る練習だけをやっていた。校庭の一番端っこを走るので、トラックを走るよりもっと距離があった。でも同級生を見て、だんだん走りかたのコツみたいなものを掴めていくような気がして面白くなっていった。

整理体操が終わってもぼくはカッチンと二人で校外に出て、足に負担のない土の道をゆっくり走ることにしていた。場所はいままでの遊び場だった学校裏の湿地帯を、ぐるりと回るようなコースにした。

そうやって走るまで足に負担のかからない走りかた、というのがあるなんて知らなかった。それまでは遊びのついでに走るようなものだったから。まだ中学生になってもいないけれど、いままでは本当に子供そのものだったのだ、ということに気がついた。コースを決めて走ることももっと早くやればよかった、と大変残念に思った。

だから日曜日などは、カッチンのかわりにジョンと一緒に同じコースを走った。ジョンは久しぶりに湿地帯の道を走れるし、それもぼくと一緒というのがよほど嬉しいようで、常に「ジョン！　先に行くな」と大きな声で言わないとどんどん先に行ってしまう。それでもあまり先のほうに行ってしまうと、その先が心配になるのか、あるいは遅れているぼくが心配なのか、自分で走るのをやめて、ぼくがやってくるのを待っていたりするのは相変わらずだった。

その頃になると弟の裕が「ぼくだって一人でジョンを散歩に連れていけるよ」と言いだし、ぼくが部活で帰宅が遅れるようになって本当に自分のよくわかっている近くの道を十分ほどジョンと散歩にでかけることが多くなった。裕がそういう短い時間の散歩をするようになって面白いことが起きていた。理由はよくわからなかったが、ネコのハチも必ずジョンと裕のあとについていくようになったこ

とだった。

それは運動クラブと違って毎日部活をしないので、ぼくよりも早く帰るようになっていた賢三君から聞いた話だった。

賢三君は裕だけ一人で散歩に行かせるのは心配で、しばしば自分も同行しよう、と誘いかけたらしいのだが、裕には裕の自尊心のようなものがあるのか、妙に頑なくなにそのそんな申し出をことわり、一人で行けるから大丈夫などと言い張っていたらしい。

裕とジョンの散歩を見送ることになった賢三君は、それで裕とジョンのあとについていくハチの面白い行動に気がついた、というわけだった。

「もしかするとハチはハチで、裕とジョンだけでは心配になったのかもしれないね」などとぼくに話したりもしていた。まあそんなふうにみんなそれぞれ成長しているようななかで、季節は確実にすすんでいった。

そんなある日のこと。学校から帰ってくると、あたりまえの習慣になっていたジョンの走ってくる姿がない。ジョンはいつもぼくが家の角までキマリのようにしてやってくる前から、ぼくの匂いを嗅ぎつけてモーレツな勢いで走ってくるのだ。

裕がどこかへ散歩に連れていっているのだろうか、と思ったがそれにはあまりにも遅

い時間だった。

鉄パイプを溶接して作った門をあけて庭に入ったところで、裕がぼんやりせんだんの木の下に立ってぼくを見ていた。賢三君はその日、部活はない筈だったから、ついに賢三君が裕のかわりにジョンの散歩に出ているのだろうか、と思ったがその賢三君が母屋のほうからふいに出てきた。

「あれ？ ジョンはどうしたのかな」

ぼくは聞いた。よく見ると、裕の立っている二つにわかれたせんだんの木の片一方の切り株のところに、ここは自分の座だ、と言わんばかりにハチが座っているのが見えた。

「裕、ジョンはどこ？」

裕は何も言わず、かわりに賢三君が答えた。

「そ、それが、いないんだ」

賢三君が引き締まった様子で言った。

「いない、ってどういうこと？」

「お、おばさんがさっき言ってたんだけど、や、やがて帰ってくるわよって」

ぼくはさっぱりわからなくなってしまった。おばさんというのは賢三君がぼくの母をそう呼んでいるのだ。

ぼくは玄関に入ってすぐに母を呼んだ。稽古場にはお弟子さんが数人来ているようで、母はその人たちとなにかお喋りしているようだった。

「ジョンが庭にいないよ。でもすぐに帰ってくるって賢三君に言ったらしいけれど、どこからすぐに帰ってくるの？」

母がよっこらしょ、という感じで稽古場から出てきた。

「それがね、今日の午後、お弟子さんたちと船橋まで出かけたんだけれど、わたしたちのあとについてきて、気がついたらわたしたちと一緒に電車に乗ってしまったのよ。ちょっと話に気をとられて、あのこが電車の中までくっついてきてたの知らなかったのよ」

母はなんだかとんでもないことを言っていた。

ジョンは、家族の誰でもそうやって送ってくる。「ジョン帰れ」と言うと、少し残念そうな顔をしてときどき首をかしげるようにすることもあった。でも言われると素直にトコトコ家に戻っていく。その「帰れ」を、母はお弟子さんらとの話に夢中になっていてジョンに言わなかったのだろう、と見当がついた。

「それでどこに降ろしたの？」

「わたしたちと一緒に電車に乗っているのに気がついたときに、窓から降ろしたのよ。川のいくらか手前のあたりだったわ」

川というのは浜田川のことで、例の湿地帯のあたりを通過して町の西のほうの海にそそいでいる。そこにかかる小さな鉄橋を電車は渡っていく。そんなところで電車は臨時停車したのだろうか。

「窓からほうってあげたのよ」

母は呑気というかドキリとすることを言った。しばらく信じられない思いでぼくはそのとんでもない話を聞いていた。「ほうってあげた」とはあまりにもフザケタものの言い方だった。

走っている電車のそこそこ高い窓から外にほうり投げたら、ただではすまないだろう。母のそのふざけた無情な話をぼくは膝が折れそうな気持ちになって聞いていた。

「バカかかあめ。ちくしょう、ちくしょう」と何度も口のなかで言いながら、ぼくは力をこめて自転車を走らせた。

ジョンは不思議な犬だったから、無事で家にむかって帰ってくるところに出くわすかもしれないと、少しだけ遠回りになるけれど、ジョンがよく行き来している駅のほうの道にむかった。

国鉄と私鉄の両方が一緒になっているので踏み切りの幅が広く、しかもなかなか遮断

機があがらない通称「開かずの大踏み切り」があるので、日頃ジョンはどんなことがあっても、その踏み切りのだいぶ前で家に帰らせるようにしていた。

だから踏み切りを越えないあたりで、浜田川の流れている西にむかう道を注意深く周辺を見回しながら自転車を走らせた。そのあたりから商店が多くなるので、夕方の買い物客や学生や早帰りらしい勤め人の姿などが増えてくる。

あちこちの犬が放し飼いにされていたけれど、人の往来があるところに一匹でうろついている犬ははめったに見なくなっていたから、もしジョンがそのあたりまでたどりついていたとしたら、最悪の場合は警察や保健所などがときどきやっている野犬狩りに出くわしている可能性があった。そうしたらどこかに連れていかれてしまったのかもしれない、などという不安も頭に浮かび、警察に行って様子を聞いてみるべきかもしれない、などと思いはいろいろ乱れていくが両足はペダルをこぐことに専念していた。

今はとにかく母がジョンを電車の窓からほうり投げた、というあたりに行ってみることだ、と思った。

困ったことにその道は西に進んでいくにつれて線路から少しずつ離れていくようになっている。浜田川のほうに行くためにはいくつかの分岐をへて、だいぶ遠回りしなければならなかった。ジョンが無事だったら、やたらにいろんな家や障害物を越えて道のな

いところを突っ切ってくる、というようなことは考えられない、とも思ったので、かなり遠回りしてとりあえずの目的地に急いだ。

あたりはすごいスピードで夕方の気配になっており、急がないと夕闇のなかでジョンを捜す、ということにもなりかねなかった。

目的地に近づくと、ぼくはあちこちで「おーいジョン！」と大きな声で呼んだ。線路ぎわに自転車をおいて、その周辺をどんどん歩き回り、さらに何度もジョンの名を呼んだ。

ぼくが一番心配していたのはジョンが怪我をしていて、線路脇のどこかに横たわっていることだった。もともと普段あまり吠えたりしない犬だったけれどこういうときは、ぼくがジョンの名を呼んだら吠えて応えるような気がした。

どんどん急いで歩き回っているうちに、あたりはいよいよ闇を濃くしていった。国鉄と私鉄がけっこうひっきりなしに走ってくるので、気持ちは急速に焦っていった。そういう電車のすぐそばにいると、走っていく電車の轟音が思っていたよりも凄まじい、ということを知った。これではもし普通に歩ける状態だとしたら、ジョンはとっくに線路ぎわから離れていってしまうだろう、と思った。だからそのあたりを丹念に捜してもジ

ョンはとても見つからないだろう、ということを察した。ふいにそうだったらいいのに、
ということが頭に浮かんだ。

実際にはその段階でもうぼくの頭は呆然としていた。夕闇はさらにすすみぼくはその
あと何をしたらいいのか、ということがわからなくなっていた。

浜田川の近くまで行ったが、鉄橋を渡らないかぎりジョンが知らない川を泳いで越え
てむこうの町まで渡っていくとはとても思えなかった。母はたしかに川を渡る前にジョ
ンを窓からほうり投げた、と言っていたから、やはりいままで捜してみたところをもう
少しこまかく捜すしかない、と思った。でも結果は同じだった。もうあたりは本格的に
暗くなっていたけれど電車がどちらからも来ないことを確かめて、浜田川にかかる短い
小さな鉄橋を渡り、その先まで見にいった。もう視界がきかなかったけれどジョンの名
前だけ呼んで、うろうろした。自然に涙が流れてきてとまらなかった。

その日以降、ぼくは母親と口をきかないことに決めた。その日の夜も、それからその
次の日以降も家にいるときは常に外の音に気をつけていた。まだジョンが自力で帰って
くるかもしれない、という望みを抱いていた。

ジョンがいなくなって二日目には警察に行って行方不明の犬についての照会をした。

警官は鼻の先で聞いているようなあまり熱を感じない表情だったけれど、ぼくの話は聞いてもらえた。行方不明の犬、ではなくて野良犬というふうに聞き取り用紙には書かれていた。でも届け出があったり、保健所にも連絡をして行方がわかったとしたら連絡する、という返事を貰った。

しばらくは学校から帰ると、まっさきにジョンが帰ってきているのではないか、ということを虚しく期待した。そうしていなくなって五日目の日曜日、ぼくは朝早くからまた浜田川の手前のあたりを捜して歩いた。そのときは見つかったとしても、ジョンはもう生きていないのではないだろうか、という暗い気持ちになりかかっていた。

一番恐れていた不安はジョンが足などを怪我していてどこへも行くことができず、瀬死の状態になっていることだった。今ぼくは現実的にその状態のジョンを捜しているのではないか、ということにもやり切れない思いに塞がった。

午前中の捜索でなんの手掛かりもなかったのでいったん家に帰ることにした。四時間ほどぐるぐるそれらしいところを見て回ったので、喉がとてつもなく渇いていて、自分の体がよれよれになっていることを知った。

家に帰る途中、小学校に寄って校庭の端にある足洗い場の水道の水を飲んだ。そのあともジョンに出会うのではないか、とあたりを見回しながらゆっくり家にむかった。

家に着くまでなにごともなかった。そうして家が見えるところまでくると、奇跡的に家からジョンが走り出てくるような気がして自転車を急いで走らせた。でも奇跡は起こらず、ぼくは自転車をとめて空を眺めた。

それまでのぼくの人生で今が一番辛いときなんだろうなあ、と思った。

家では賢三君と裕が心配そうな顔をしてぼくを待っていた。そして午後からは自分たちも捜しにいくことに決めたんだ、と賢三君と裕が言った。

ぼくはこれから絶対に母とは口をきかないぞ、と心に決めた。母は漸く、ぼくが本当にこころの芯から母の暴挙に対して怒っている、ということを察したらしく、ぼくにいろいろ言い訳じみたことを言ったが、ぼくは黙ったままでいた。母がなにか言うたびに気持ちがささくれだっていくような気がした。

ジョンの捜索をあきらめてから翌週の日曜日に、兄の祟のところに見舞いに行くからいつものように荷物を持ってついてきてちょうだい、と母は言った。賢三君にもできる仕事だったが、兄の祟のことも気になり、いつものようにぼくが行くことにした。

母と同じ電車に乗って船橋まで行くのは気持ちの上で辛かった。よほどどのへんでジョンをほうり投げたのか詳しく聞いてみたい、と思ったけれど、もう聞いたとしてもジ

ョンは戻ってこないだろう、ということを改めて悲しく思うことになるだろうから何も
聞かないことにした。ジョンを窓からほうり投げたときと同じ町に電車は進んでいるの
だ、ということがぼくを苛々させていた。

母と隣りあって座ったので、母は勝手にいろんなことを話していた。

韓国に住んでいる姉が旦那さんと一緒に、もうじき三泊ぐらいで日本にやってくる、
という話をしていた。最初に旦那さんの生家である横須賀に行き、そのあと韓国に戻る
日にこちらの実家に挨拶に来るらしい。韓国の土産（みやげ）が小包の中にいろいろあって、その
なかから韓国羊羹（ようかん）のようなものを甘いものが好きな崇にあげるために持ってきている、
という話もしていた。

その羊羹はハングルが書いてあるので、なんだかわからなかったけれど姉の手紙で漢
字で「金波銀波（きんぱぎんぱ）」という意味なのだという解説があったという。どんなことを言っても
ぼくが断固として返答をしないので、そのうちに母は少しムッとしたようになって話を
するのをやめた。

「金波銀波」という文字がぼくの頭のなかで躍っていた。どんな状態のことを言うのだ
ろうか、と思ったがきっと海の情景を言うのだろうと解釈した。姉は姉できちんと幸せ
な日々を送っているのが推してわかり、少し安心した。姉はもう韓国語が自在に喋れる

のだろうな、ということも考えた。

兄の崇はこの前お見舞いにきたときよりもまた少し太ったようだった。病院の食事や毎日の規則正しい生活がそうさせているのだろうと思ったけれど、入院前から比べるとあまりにも面がわりしているので少し心配にもなった。でも兄はほがらかで、毎日が楽しい、と最初に来たときと同じようなことを言った。入院生活の何が楽しいのかわからず少し不思議に思えたけれど、それを質問してもちゃんとした答えがあるとは思えなかった。

崇は母の持ってきた菓子類のひとつひとつを興味深げに眺め、いつも持ってくる崇の好きな「里見饅頭」がないことを不満そうに指摘した。

母はそのかわりに「金波銀波」を崇の前においた。韓国にいる崇の姉からの珍しい贈り物だからね、ということを説明していたが崇は、それをちゃんと聞いているようには見えなかった。

包みをあけると平らで細長い、たしかに羊羹と思える質感のものがあらわれた。日本の羊羹とちがって上のほうがギザギザになっていて、金色と銀色の小さなつぶつぶがその上にばら蒔かれていた。ケーキなんかの上にそんなものがちらばせてあるのを思いだ

した。

「背中がギザギザだね」

崇が言った。

そうか、とぼくは理解した。海の波が少し斜めになって光をうけて金色や銀色に光って見えることを表しているのだ、ということがわかった。自分の町の海でそれに似たような光景を目にしたことがある。夏や秋の、空気がすっかり澄んでいる夕方などに、海の表面のすべてがそんなふうに光っているのを記憶していた。

崇は母が持ってきた小さなナイフでそれを自分で切り、大きなかたまりをつまんで口に入れた。

「口のなかが光っているでしょう」

崇が言った。言われるように崇の口を見たけれど別にどこも光ってはいなかった。

崇は急ぐようにそれを食べ、次のヒトキレをまたナイフで切った。

「ぼくたちは、食堂でもこういうものは持ってはいけないんだ」

韓国羊羹を食べながら崇はナイフを顔の前に掲げ、モグモグ声でそんなことを言った。

「どうしてなの?」

ぼくは聞いた。思えば迂闊な質問だった。こういう病院では刃物を入院患者にやたら

に持たせないのだ。

崇はぼくの質問には答えず、全然別のことを言った。

「バチンが怖いんだよう」

そのときはわからなかったが、だいぶ経ってから、バチンというのは頭の左右に電極をあててショックを与える治療法のひとつなのだということを知った。電気を頭のなかに通すというのだから怖いのに決まっている。

ぼくたちは前回来たときと同じように病院の中庭にあるプラスチック製の椅子に座り、やはりプラスチック製の丸いテーブルの上に、菓子類や面会室にあるお茶など持ってきてそこで話をしていた。もう外でそういう話をするには、季節としてその日あたりが限界のような気がした。

絶対太りすぎているように見える崇の額のあたりが、いくらか斜光になった晩秋の太陽によってところどころ光って見えた。よく見ると崇は汗をかいていたのだ。少し風が冷たいと感じる場所だったのに崇一人だけたくさんの汗を流していた。

崇のその顔の先にやはり傾いている陽光によって、背後の林が光っていた。

「あそこの林が光っていてきれいだね」

ぼくはなかなか崇とかみあった会話ができないのでいきなり風景の話をした。

「うん。きれいだね。あれはハリエニシダの葉が光っているんだ」

崇が言った。はじめて聞く植物の名前だった。崇がそんなことをスラスラ答えるので

ちょっと驚いてしまった。

ハリエニシダ。

とてもいい名前だな、とぼくは思った。

陸上の部活は、前半は走ること、後半は砂場の踏み切り線までのダッシュとタイミングの調整、などということを主にやるようになった。本格的なフォームを指導されて走っていって跳ぶ、ということをはじめてやったが、自分でも意外に思うほどいい具合に跳ぶことができ、とても嬉しい気持ちになった。三年生の先輩が「きみはこういう跳躍にむいているようだね」と言ってくれたのも嬉しく、久しぶりにヤル気になった。でも難しいのは踏み切り線を守り、いかにして遠くへ跳ぶか、というタイミングどりで、同じ先輩が「それは誰でも最初にぶつかる試練で、必ずうまく遠くに跳ぶためには何度も繰り返して練習しコツを掴むようにするしかないんだよ」と言ってくれた。

踏み切り線から跳んだあとに背中を大きく反らせる、厳密にいえば空中にいるあいだにその次に反対側にまげて着地する、という思いがけなく難しい体の反応を強いられる

のだった。

順番をつくって何度も何度も繰り返す。

最初のうちはとにかくその連続で、どのくらい跳んでいるか、という測定などまったくやらなかった。

ぼくは小学校の頃からクラスで一番背が高かったので、そういう体格も有利に働いているようだった。

一日の練習が終わるとカッチンといつものコースを走るのもだいぶ慣れてきていた。

ぼくは走りながらジョンがいなくなってしまったことを話した。ぼくの家に来ることが多いカッチンはジョンの賢いところをよく知っていたので、ぼくの話を聞いて非常に驚いていた。

「どこに行ったかわからないって、行方不明ってことなの?」

カッチンが言った。話の流れで当然そういう疑問を持つだろうな、ということがわかっていた。

ぼくは走るスピードを変えないようにしながら「そうなんだ」と答えた。

本当の理由は言わなかった。

気持ちのなかではもう死んでしまった、と覚悟しなければいけないのだろうけれど、

そう言ってしまうのは嫌だった。いつの日かふいにひょっこりあらわれるような気も、まだ完全には捨てきれていなかったのだ。一番望ましい展開は、無傷のジョンが帰るべき家の方向がわからずウロウロしているときに、そのあたりに住んでいる誰かに拾われ、その家で飼われている——ということだった。それだったらやがていつかきっとジョンに再会できる。そういう成り行きであることを祈った。

母とは口をきかない、ということを決めて一カ月ほど経っていた。母も意外に頑固に怒っているぼくにあまり話しかけることはなくなっていた。

人の気持ちの変化に敏感な賢三君もぼくが母と口をきかない、ということを察していて、

「そろそろ、お、おばさんと話をしたらいいんじゃない。このあいだおばさんが台所にしゃがんで泣いていたよ。ぼくはみ、見てしまったんだ。ほかの理由だったかもしれないけれど、そのとき、お、おばさんがぼくに聞いたんだ」

「なんて聞いたの?」

「あのことで、お、怒っているんでしょう。あのこ、本気なのねって」

本気も偽気もないじゃないか、とぼくは思った。偽気なんて言葉はないのだろうけれど、自分はこれからいつもなんでも本気でやるんだ。

ぼくはそう思った。いきなり何のきっかけもなく崇の病院の庭から見たハリエニシダの美しく光っている風景を思いだした。中学生になって人生はいろいろ難しい時代を迎えてきているんだな、とも思った。

風景の色が踊っている

なんだか兄弟のような気がしていた賢い犬のジョンの消息がまったく摑めないまま月
日だけが経っていった。そして最初に自分で決めたように、あまりにノー天気にジョン
を扱ったために行方不明にしてしまった母とはきっかり三カ月のあいだ口をきかなかっ
た。まったく話をしなかった。

抗議の黙り込みをしているあいだにぼくの意外にしぶとい、本気の怒りを認識したら
しく、母はぼくと顔をあわせると少し緊張するようなしぐさと表情を見せるようになっ
た。季節はすすんでいき、畑や疎林の多いぼくの家のまわりは、はっきり全体の色あい
を変えていた。ひとことでいえば「やわらかい季節の色」に全体が変わっていったのだ。

一年ほど前だったら、やはり同じように変わっていったのだろう周囲の風景の色など
にさして気もとめなかったような気がするが、その年は違っていた。一年のあいだに季
節のうつりかわりを見るぼくの目と視覚の意識が少しだけ大人に近づいたのかもしれな

いな、と思ったが、そういう意識の変化の背後に、やはり「会えなくなってしまったジョン」への思慕が横たわっているのだろうな、と考え、それと同時に自分はこうしていつまで「あいつ」にとらわれているのだろう、ということも考えた。

あたりがやわらかい色合いになり、みんなの気持ちがいろいろに浮き立ってきているのに、ぼくがともすると沈みがちになる理由はもうひとつ、賢三君とつぐも叔父が鹿児島県に越してしまった、という突然の出来事があった。小さな頃につぐも叔父は九州に里子にだされ、成人してからはいろんな仕事をしていたようだが、一番つぐも叔父が力を発揮できたのが山間部の測量仕事だった。

その仕事の片鱗は何度かつぐも叔父から聞いたが、とにかく重い道具を担いで山から山へ歩き回る仕事なので相当な重労働のようだった。そのためにその仕事を長く続けられる人は少なく、つぐも叔父などはベテランの部類に入るらしかった。

「精をつけるためにまむしをつかまえてよく食ったんよ」などという話は何度聞いても面白かった。

一緒に九州に行っても賢三君は父親の測量の手伝いをするわけではなく、鹿児島にかなりいるつぐも叔父の知り合いの家にやっかいになり、そこから近くの中学に通うこと

になったらしい。つぐも叔父が親子で九州に行ってしまう訳については、つぐも叔父本人からも、つぐも叔父とこの頃よく真剣な話をしているぼくの長兄からもくわしいことは何も聞けなかった。そして親子が引っ越しに持っていく荷物は思いがけないほど少なかったので、短期間のことであるのかもしれなかった。

つぐも叔父が「むこうに着いてからもこいつと一緒に移動することが多くなるかもしれないので」と賢三君のあたまを軽く叩きながら言っているのを耳にしていたのできっとそういうことなのだろう、と思った。

つぐも叔父の仕事仲間という人がオート三輪で迎えにきた。荷台に置いたその引っ越しの荷物に挟まれてつぐも叔父と賢三君は少しフクザツな笑顔を見せてぼくの家から去っていった。

ネコのハチがどういうつもりかそのオート三輪の後ろをピョンピョン飛び跳ねながらほんの少しあとを追っていった。

その突然の引っ越しを送りだすかのように母の舞踊教室の太鼓や三味線の音が鳴っていたが、それを聞くと無責任でむなしく陽気なおばさんたちにまた腹がたってくるのだった。

毎月第三土曜日は入院している次兄の崇の終日面会日なのでいくらか用心していると、やはり母からそのことの用を告げられた。その日は弟の裕も連れていこうかしら、と母は言った。長兄もつぐも叔父も賢三君も家にいないのだから裕だけひとりぼっちになってしまうから、それは当然の話だった。

裕が病院見舞いに行ったのはずいぶん前のことで、まだ崇が入院して間もない頃だったような気がする。単線の私鉄電車に乗りかえていくのが裕には嬉しくてたまらないらしく、幼児のように窓にむかって座席にかしこまり、走りすぎていく車窓風景のとりこになっていた。

「あっ、牛がいた!」

裕が叫んだ。途中に牧場などないと思っていたので裕が指さすほうを見ると、まだところどころで使っているトラクターがわりの土だらけの牛だった。ターミナル駅から十五分も走っていないのにずいぶんいっぺんに田舎になってしまうのが意外だった。

そういえば今まで何度か来ている路線だったけれど、いつも普通に座って車内の風景やそのむこうに走り去っていく窓の先の空などながめてしんとしていることが多く、あまり車窓の風景など気にしておらず、いつのときも兄の顔を見るまでが不安だった。

病院のまわりの風景もやわらかい色に満ちていた。とりわけ遠くの山々の重層がとこ

ろどころで空と溶けているようで、風がまるでないのも、全体が穏やかな絵のようにな

る役目をはたしているように思った。

けれどその日は、風の吹き抜ける音のかわりに、軽やかな太鼓や笛の音がぼんやり聞

こえていた。

病院の中庭に入っていくとその音の正体がわかった。その日は七、八人の学生ふうの

男女が褪せた派手色の縦縞のユニフォームを着て、みんなでなにか陽気な音楽をやって

いた。そのまわりに小学生が座るくらいの小さな椅子が半円状に並べられ、三十人ぐら

いの人がその音楽隊に体を揺らしていた。

みんなナマの音楽が嬉しいようで、メロディにあわせて体をゆすったり、片手を指揮

者のタクトのようなそぶりで振り回して楽しんでいる人もいた。こういう光景ははじめ

て見るもので、ぼくは急いで崇の背中を探した。崇は家にいたときよりも倍ぐらいに大

きくなっていたからそれはすぐにわかった。

裕はその光景がたちまち気に入ってしまったようで、どんどん前のほうに出ていって

あちこち見回していた。

やっている音楽は以前何度か聞いたことがあるものだったが、歌詞や題名まではわか

らなかった。

演奏が終わるといつもこの病院の受け付けにいるよく顔を知っているお姉さんが拍手をしながらステージにあがってきて沢山のお礼を言った。

「こころ浮き立つような音楽ありがとうございました」

カン高い声で何度かそう言っていた。

演奏団はみんなははにかみながら、自分の楽器を撫でるようにしたり、ポケットから出したハンカチで首すじなどを拭いたりしていた。残念なことにぼくたちが行ったときでその野外演奏会は終わりのようだった。

観客は入院している人とその家族のようで、終わったあとはいつもの野外サロンといっている丸椅子丸テーブルのところに行ってたいてい家族ごとに座る。

少なくとも一時間ぐらいは太陽の下にいたのだろう。崇はたくさんの汗をかいていた。

裕を見て、

「おまえ一人前に大きくなったなあ」

と以前よりも太い、親父さんのような声で言った。

母はぼくが持ってきた大きな把手つきのフクロの中から用意してきたいろんなものを丸テーブルの上に並べた。

裕がすぐに「ひと口カステラ」を見つけてそれを口にほうり込み、崇も自分の好きそうなものを探していた。なんの鳥か三十羽ぐらいの群れが高いところを飛んでいき、大きく回ってまた戻ってくるのが見えた。

「音楽たのしかった?」

崇が裕にむかって言った。

「タイコがいい、と思ったたです」

裕は思いがけなく丁寧な言葉づかいでそう言った。崇に会うのは久しぶりだし、崇は顔も体もだいぶ変わってきていたので、裕には、崇がいままで自分の家にいた兄の一人だ、ということがよくわかっていないようだった。もっとも今度のようなことが起きる前など崇はあまり家に帰っていなかったのだけれど。

それを説明するのも大変だし、裕にはまだ理解させなくてもいいような気がした。今度ははっきり羽ばたき音がしてまたさっきの鳥の一群が病院の屋根すれすれに飛んでいった。崇の汗は首筋まで細いスジを作って流れてきていた。

「たのしかったわね。さっきの音楽。あのようなことをときどきやってくれるの?」

ぼくが思うよりも母はけっこう行き届いていて、家から濡らした小さなハンカチをビニール袋に入れたのを二、三枚持ってきて持ってきた果物の皮をむきながら母は言った。

ていて、それでみんなが手を拭いた。

「音楽はときどきだけれど。手品のほうが多いかなあ。何もない風呂敷から花が出てきたりするんだよ。ぜったい魔法つかいたちなんだよ」

「フーン」

裕が小さなカステラをどんどん食べていて、最後のひとかけらを呑み込んだところらしくゴックンと喉を鳴らすのとうなずくのと一緒にやった。

「食堂のサメちゃんはサメジマっていう名前なんだ。その人はあわて者で、よく皿をタオルのなかで割るんだよ。でも割れる音がしなくて、かわりに日の丸の国旗が出てくるんだよ。だからその人も魔法つかいで、そのサメちゃんの友達が何人かやってくるんだ。不思議だよお。どうして皿が日の丸の旗になっちゃうのかずっとわからない」

崇は嬉しそうに話をしていた。このあたりの手品クラブの人たちがやってきてみんなを楽しませてくれているのだろう。

ここでは陶器でもガラスでも割れる素材のものは使わせていないようだった。だからみんなを驚かせているのは紙で作られた皿で、それを二つ折りかもっと小さくして、かわりに日の丸を出しているような気がする。

裕がきたからなのか崇はいつもより雄弁だった。たくさんいろんなことを喋る崇が目

の前にいるのは安心だった。もう少し、もう少しで崇はなんとかなるような気がした。

「そういうたのしみがいろいろあってよかったわねえ」

母なりの安堵からか、そんなことを言ったときだった。

「うん。この病院はとてもいいところなんだ。一日過ごすと百二十円積み立ててくれるんだよ。毎日、毎日百二十円だよ」

饒舌（じょうぜつ）になった崇は、いきなりそんなことを言った。

この人はいったい何を言っているんだろう。ぼくは瞬間的に緊張しつつ、崇の顔をよく見据えた。崇の視線はそのテーブルを囲む母や裕やぼくの顔の誰も見ていないようだった。かといってその先のどこか遠くを見ているわけでもないようだった。兄の耳の横をつたわって汗だけがまだ細い筋をつくって流れ落ちていた。

あとがき

家族の話を書いていくのは難しい。家族は私小説の原点だから、それなりのルールがある。

まず、本当の話を書いていく。できるだけ誇張も矮小化もせずに、記憶や記録や身内の誰かの話を聞きながら書いていく。でも話の内容によって家族の嫌がること、深いプライバシーに触れること、などはルールとして断りなく書かないほうがいい。

ぼくがはじめて、それが私小説とは意識せずに書いたのは『岳物語』だった。まだモノカキになったばかりの頃にいろんなものをワサワサ雑誌に書いていて、いいかげんその題材、素材に困ったとき、目の前にドロンコ遊びから帰ってきたばかりの就学前のぼくの息子「岳くん」がいて「おとうハラへったあ」などと泥だらけの顔をしてムジャキに言っていた。

「あっ、こいつやることなすことに実になんでもドロンこまみれで面白いんだよなあ」
ということに気がつき、彼とその友だちの日常を三十枚ばかりの短編に書いた。ぼく
が三十代後半の頃だった。

すると編集者がそれを読んで面白がり「次号もこの続きを」などと言うのだ。

そうして気がついたら一年間の連載になっていて、じき単行本のひとつになった。

四冊目の本だった。後年わかるのだが、その単行本のひとつのエピソードなどが国語の

教科書にたびたび載っていたりした。ぼくの二十

その連載は数年おきのシリーズになって何年も続いた。岳くんにはお姉さんがいるの

だが登場人物は少ないほうがいいので、最初の頃にそのお姉さんのことには触れなかっ

た。本人がぼくの仕事のことを理解していて「自分のことは書かないでね。書いたら遊

んであげないからね」などと言うのでそれは大変だから書かないでいた、という事情も

あった。

けれど連載が長引いてくると、途中でいきなり登場させるわけにもいかず、とうとう

そのシリーズはお姉さんなしの家族構成になってしまった。本当におきた事実を題材に

していても「真実」ではない私小説というものもあるのだ。

でも連載の話が煮詰まってくると、ここでお姉さんを登場させるとどんなに面白いだ

ろうか。書いている話も楽だろうになあ、と思いながらシリーズは岳くんが小学校を卒

業するところまでそのまま進んでいき、中学に入る前で終わりにした。

　私小説の流れから言ったら中学以降に面白い出来事が集中している。でもあるとき岳

くんは自分の名前が出ているぼくの書いた本を読んでものすごく怒り、彼のことを書く

のは固く禁じられてしまったのだった。

　岳くんのお姉さんは日本の大学を卒業してからニューヨークに渡り、その関係で岳く

んに「アメリカの大学に挑戦しな」とすすめていたのだった。

　その頃、ぼくはひっきりなしにいろんな国へでかけていたのでそんなやりとりには介

入していない。ただ世界にでたら自分の身は自分一人で守らなければならないから「ボ

クシングでも一、二年やってみるといいよ」とビール飲みつつ彼に言った記憶がある。

　岳くんは町のジムに通いプロボクシングのライセンスをとってしまった。そして後楽

園ホールでデビュー戦となったのだ。その頃の話など実に小説向きで魅力的な素材なの

だが、もう彼のことも書かない、という約束がある。そうして彼はやがて単身サンフラ

ンシスコに渡りアメリカの大学に入った。そして結局彼は写真関係の仕事をして十七年

間もサンフランシスコにいたのだった。

護士をやっているから日本には帰ってこないだろう。
娘のほうはニューヨークに行きっぱなしでやがてアメリカの市民権を得て、いまは弁

この二人がアメリカにいるあいだ、一週間ぐらいの休みがとれるとぼくは妻とニュー
ヨークからサンフランシスコへ行くのが楽しみだった。ニューヨークの幅の狭い野外レ
ストランで皆で五、六年ぶりに乾杯したとき細長い夜の空が見えた。ギリシャ料理だっ
たのを覚えている。

「ニューヨークの夜空は細長いんだな」乾杯のあとぼくはそう言ったのだが、誰もなん
のことかわからないようだった。

人生のなかで今夜はかなりいい夜なんだろうな、とぼくは静かに思った。あれこそ私
小説の個人的なクライマックスだったような気がする。

そうして　幾星霜。

あるとき、高速道路で交通事故にあい、ぼくははじめて救急病院に担ぎこまれた。そ
の年はそのあといくつもの思いがけない災いに見舞われ、まわりの人にしかるべき神社
で御祓いをうけたらいい、と熱心に勧められたのだった。
どうせなら自分の生まれた土地で人生はじめてお宮まいりに行った世田谷区三軒茶屋

の神社に行ってみようと思った。

戸籍抄本をとって生家の正確な住所をしらべた。三軒茶屋の警察署の正面にある大きな土地でぼくは生まれたのを知った。記憶は敷地にある背の高い何本もの松の木に残っていた。

そこで御祓いをうけ、自分の子供の頃はどんなだったのだろう、ということがいきなり気になってしまった。

子供心にも謎の多い家で育ったからだ。とくに『岳物語』の主人公が、六年生になったあたりで書くのをやめたのがずっと気になっていて、自分はその年齢の頃に、いったい何をして何を考えていたのだろうか、ということがえらく気になった。

モノゴコロついた頃に育った千葉ののどかな海辺の町。その地の記憶はたくさんある。兄弟が何人もいて、常に十人ぐらいで食事をしていた。あまり話をした記憶のないサムライみたいな父。たくさんの兄弟にはどうやら二人の母がいたこと。ぼくが成長期に没落していった我が家。自殺をはかったすぐ上の兄。傷痍（しょうい）軍人だった長兄。ぼくが何より も愛していた犬のジョン。

自分がいた「私小説」の世界はどうもいろんなところが暗くくすぶっている。

そして、この自分を見つめた私小説をさらに書きすすめていくと心情的にどんどん暗

くなっていくことがわかってきた。

『岳物語』とだいたい同じで、この私小説も、書いている当人が中学生になったあたり
で終わりにすることにした。そこまでのあいだはけっこう無邪気に真実の話を書いてこ
られたが、それからあとはちょっと難しくなっていくな、ということがわかってきたか
らだ。

ジョンの事件のあとに母のことをだいぶ批判して書いてしまったが、最後のあとがき
で、書いておきたいことがある。

母は八十五歳で亡くなったが、そのときぼくは生まれてはじめて「予知夢」のような
ものを見たのだ。

結婚して武蔵野のまんなか、小平市に住んでいる頃だった。ぼくは木造三階建ての
三階（屋根裏のようなところ）に寝ていた。

真夜中に、いきなり強烈な夢を見て目をさました。腕に母を抱いていた。もう呼吸も
していないようだった。母の顎を右手でおさえるとぐずぐずに壊れていく。骨がないよ
うな感触だった。

「あれ、どうしたんだ。このままでは死んでしまうじゃないか」

ぼくは叫び、きっぱり目をさました。午前三時だった。

あまりのリアルさに二階で寝ている妻のところに行き「今、おふくろが死んでしまっ
たよ」と告げた。妻はとびおきてきたが、「夢で見たんだ、でも確かな感触だった。ま
もなくそれを伝える電話がかかってくるぞ」

それ以上のことは話せなかった。こちらから母の暮らしている（長兄の）家に電話し
て「お母さん死んではいないか？」などと聞くわけにもいかない。不安をかかえながら
そんな死の連絡を待っているうちに寝入ってしまった。成人して母のあんなにリアルな
夢を見たのははじめてのことだった。

普段どおりの朝がきて、ぼくは妻と昨夜の話をしながら、じき電話があるかもしれな
い、などとボソボソ話をしていた。電話は午前九時頃にかかってきた。

母が倒れて、かかりつけの医者に行った、という内容だった。

ぼくは近所に住んでいる弟（裕）に電話して、すぐに母のところに行こう、と言った。

ぼくが「すぐかけつけよう」と言っても、前の日に元気に絵を描いているという話を
弟は聞いたばかりだから、急死するなんて、とまるで半信半疑なのだった。でもぼくは
その日の朝のあの感触はただごとではない、と思っていたので、とにかくクルマを運転

弟と違って弟は母想いで、しょっちゅう行っているし電話もしている。

しながら弟と二人で兄の家に急いだ。

訃報は午前十時頃にぼくの自動車電話にかかってきた。当時は自動車電話の時代だったのだ。ぼくは七時間前に「予知夢」を見たのだな、と運転しながらズドンとした気持ちになって弟に言った。

母の葬儀はつつましいものだった。納骨のときに長兄が墓石のそばで参会者のみなさんに挨拶した。そこには父の骨が入っている。

「これで母もやっと父と一緒になれた、と喜んでいることでしょう」

兄は優しい声でそう言っていた。

そのときぼくははじめて母は父の戸籍に入れてもらっていない、ということを知ったのだった。いろいろなことが溶解していくように理解できた。むかしの人はそういう家系などに信じられないくらいこだわっていたのだ。

次兄の崇は二年で退院し、社会人となり、結婚して長男を得た。けれど十二年ほど前に他界した。入院のときの頭の電気ショックなどの負荷が影響しているのではないかと思っているが確かめようがない。また確かめてもどうしようもないことだった。

長兄はその三年あとに静かに亡くなった。

二年ほど前に丸の内で講演をしたとき、崇の奥さんが息子と一緒に会場にやってきた。ほんのつい最近のことだ。兄嫁はまだ若く、長男は崇の若い頃のおもかげのあるいい青年になっていた。

二〇二〇年　五月

緊急事態宣言下の東京の自宅にて　　椎名　誠

南の島のジョン——文庫版あとがきにかえて

自分で書いているコトながら本書は初版、および増刷、および文庫版のゲラと、書いている出来事を読むごとに辛い気持ちになった。

私小説は「もろ刃の剣（つるぎ）」で、実際の出来事を書いていくことが多いから、書いてあるいくつかの出来事が読むたびにくりかえして容赦なく鮮明に蘇（よみがえ）ってくる。そのたびに、すまぬ、すまぬ、と詫（わ）びていた。本書に書いてきた物語のとても大切な顔ぶれ、犬のジョンに対してである。

あの頃、ジョンの前にいたなさけない人間らの一人として、ぼくはずっと詫びていた。

この延々と続いてきた「家族のものがたり」はジョンの行方不明事件以降、結果的にさらにじわじわ深まっていった喪失感とふがいなさによって書き続ける気力を失い、ついに話をとじていった。ジョンの失踪を契機に長いものがたりを終えたのである。

ちょうどその頃、ぼく自身が少年から青年、そして大人へむかっての助走期として、

あれこれややこしい状況に突入し、揺れる思考は自分でももてあまし気味になってきていた。

ぼくのフラフラしていく日々の感覚。その一方で多層的に変化していくまわりの空気のなかで、自分ではどうしようもない心がゆらめいていって、その頃をもって私小説の舞台からはいったん「引いて」いくしかなかったのだった。

あぶなっかしいそんな青春の頃の日々にぼくはそれから何をして何をどう考えていったのか、その頃だったら痛みのなかでなんとか書き綴れたかもしれないが、書いていこうとする小説の舞台の自分と、それを書こうとしているぼくも、あやうく若すぎた。

へたってきている自分の脳細胞のカケラから強引に記憶の断片でも引き剝がし、なにか書いていけたかもしれない。ぼく自身もあの頃のまだ「書けた」かもしれない物語を読んでみたい……と悔恨まじりにときおり思う。ぼくがこのシリーズなどの私小説を書くときは、まず原稿用紙を前に、書こうとするその当時の風景を思いだすことにしている。

記憶の風景は残酷なくらいおぼろではかないものだ。それを真剣に思いおこしていくうちに、うまくいくとその風景が動きだす。やはり古めかしい、むかしのチラチ

むかしの古びて黄ばんだ一枚の写真の風景のようなものだ。

ラした白黒の荒れたフィルムによる、ストーリーのない断片的な映画のような風景である。

それは音もなくチカチカ動いて、たちまち力つきてどこかにトンで散らばるようにして消えてしまう。

でも、ぼくのとぼしい記憶の思考のモトはそれによって瞬間のつらなりながら、いきなりなんとかよびおこされていくことになる。

残像がまだ動いている感覚のうちに、それに関連する風景や人などに遠い意識を集中させる。

うまくいけば、そのあとの古めかしい映像につながるかもしれない。そういう徒労すれすれのことを続けながら、チラチラ映像の断片をなんとか記憶の断層に積み込んでいく。

私小説というのはつくづく精神の疲れるものなのだなあ、と思う。あれは先島諸島（沖縄）のどこかの島だった。ぼくはカヤックに乗って潮がひくと白砂の露出する島の周辺を移動していた。島の住民は三百人といないような「忘れられた」ような島だ。砂洲の先っぽにカヤックの舳先をのりあげ、進行を妨げられてちょっと困っていると、

砂洲のむこうからやせた白い犬が、なつかしい笑い顔でトコトコ、というふうにやってきた。まさしくなつかしいトコトコ歩きだ。

ぼくは思わず「おお、ジョンじゃないかあ！」と叫んでしまった。

それはジョン以外の誰でもなかった。事実、ジョンは嬉しそうになおもあの少し困ったような、でもやっぱり嬉しくてたまらなそうな顔をして、さらにトコトコ近よってきた。

「おおい、ジョン！　こんなところに流れてきていたのか」

ぼくははっきりそう言ってしまった。ジョンはいつものクセでさらに少し小クビをかしげるようにしてぼくをみつめ、やっぱり笑った。

そのしぐさを、持っていたコンタックスT2という信頼しているフィルムカメラでパチリと一枚。

その頃（五年ほど前）出した『犬から聞いた話をしよう』（新潮社）というぼくの写真集にそれを加えた。ジョンを見たいというかたがいらしたらぜひその本を。どこかでまだ見つかるかもしれません。

「おお、ジョンはあれから、こんなところまで流されてきたのか」

ぼくは涙をぼろぼろさせながらそのときそう言った。でも関東からここまでやってく

るとしたら、黒潮の激しい流れにさからいつつ日本列島を三千キロほども南下しなけれ
ばならない。そのくらいのことはジョンにならできるだろう――とも思った。だとすれ
ばまだジョンの旅は途上である。
ぼくは安心してそう思った。

二〇二二年八月

酷暑の自宅にて　　椎名　誠

解　説

澤　田　康　彦

「むじな月」というのは、月の光の弱い夜、遠くの山の少し上のほうにぼんやり出るもう一つの月のことだそうで、前作『家族のあしあと』正編の最初の編にある。私はそれを見たことも、（椎名誠以外から）聞いたこともないのだが、この妖月のイメージはいかにもシーナ的で、それはまさに彼の私小説のように思えてならない。

頭上にホンモノの月がある夜空に、いつしか低く浮かんで光るニセモノ。月は太陽光を反射して輝くものだが、むじな月は内部から鈍く発光する塊。見た目には月なのだけれど、ちがう何か。暗くて熱がある。

本書のあとがきで著者はこう書いている。《本当におきた事実を題材にしていても「真実」ではない私小説というものもあるのだ》

『家族のあしあと』は、文芸誌『すばる』に二〇一五年四月号から一七年二月号に連載された正編と、その約半年後の九月号から再開されて一九年七月号まで隔月連載された

続編（本作）から成る。

《『岳物語』の岳君ぐらいの年齢のときが自分にもあったわけだ。その自分はいったいどういう時代をどう生きたのだろうか》（正編「あとがき」）

『岳物語』の第一作「きんもくせい」の発表は一九八三年《青春と読書》十一月号）だから、一家が描かれた私小説＠集英社シリーズには約四十年の歳月が流れていることになる。『岳物語』発表当時の著者は三十九歳、『家族のあしあと』は七十代。途中の『かえっていく場所』（五十代）、『大きな約束』（六十代）など、シリーズを改めて読んでゆくと、家族の増減、環境の違いはさておき、トーンの変遷に感じ入る。明るくカラフルな『岳物語』と、現在のモノトーン、沈んだタッチの『家族のあしあと』と。「本当におきた事実」でも、語り手の年齢、状況、心情によって変わる。削除する話、記憶に残らぬ事柄や人物、逆に書きつけたいエピソードや光景、芋づる式に思い出したこと……恣意的な取捨選択があったのちに私らが読む私小説はそうしたフィルタリングのあとの物語。そこが面白い、つまりむじな月なのである。

ちなみにホンモノの岳くんこそはこの月に最も惑わされた人間であろう。『定本 岳物語』（九八年）には大人になった岳本人の傑作手記が付き、彼はのっけからこう記す。《僕はこの本が嫌いでした、大嫌いでした》。本の主人公・岳少年は《いつも爽やかで優

しい、元気はつらつの岳少年》、しかし本当の自分自身はというと《盗人弱虫臆病者元気》だそうだ（盗人って何だろう？）。でも「元気」は共通している点が可笑しい。

『家族のあしあと』は、世田谷の屋敷で生まれ、家庭の何らかの事情で千葉の山奥の酒々井、さらに幕張に移り住んだ少年一家を描く。敗戦直後から五〇年代半ば、約七十年前の記憶を喚び覚ます試みだ。古い日本映画を見るような戦後の貧しい景色の中、人が助け合いぶつかり合い、現れては消えが当たり前の時代で、衣食住を求め、リアルな明け暮れの形が浮き上がる。全編に懐かしさ切なさ怪しさが漂う。今はもう当時の人たちの影はなく、映像が白黒に映るのは必然かもしれない。幼少年期の自伝的小説としては、椎名が敬愛すると聞く井上靖の『しろばんば』（六二年）を私は想起した。

正編第一編を読むと、著者は意図的にこれを〝怪し〟の物語として捉え、おぼろな記憶の幕をこじ開け執筆し始めたように見受けられる。天井板の渦、隣室の女の三つ児、妖怪ヌヌンバ、さがり松、そしてむじな月と、おどろおどろしいアイテムが次々に語られる。なぜ家族以外にいろんな人が住んでいるのか？　なぜ父は世田谷の家を出て田舎にひっこんだのか？……と、ミステリー的な問いかけがなされ、追想が始まるのである。

この物語は初めて書かれるものではない。どの作品にも各種エピソードは変奏曲のように繰り返し語られるし、何といっても吉川英治文学新人賞受賞作『犬の系譜』（八八年）は変奏曲のよ

の舞台と同一なのである。今回の『家族のあしあと』はそのリブート（再起動）作品と呼べるだろう。ちなみに『犬の系譜』では「つぐも叔父」は「耕造さん」、すぐ上の兄の「崇」は「亨二」として登場する。犬は変わらず「パチ」と「ジョン」（ジョンは母に駅で降ろされるが、本書では電車の窓からほうられる。どちらが正しい記憶だろう？）。

書名通り飼い犬史をベースに綴る視点がユニークで、椎名には珍しい「ですます」調、しっとりした「わたし」語りの佇まい。展開されるユーモア、ドタバタ劇は今読んでも新鮮だ。シーナのむじな月は一つではない。いろんな質量熱量でいくつも空に浮かぶ。

生誕から小学生までを描いた正編に続き、本書では中学生にはいる頃の日々が描かれる。うぶで寡黙、気づかいのあるマコト。内面が多く記される点が『岳物語』の主人公と違うところだ（本人が書くから当然）。「元気」という点は岳とマコトは全く同じ。

少年たちの、何にでもまあよく登ることよ。松の木。上からおしっこをした紅葉の木。せんだんの木。十数メートルの小山を征服してよじ登る。《「ぜっけいかな、ぜっけいかな」》。

小中学生男子は基本バカであり、どこでも断然よじ登る。白眉は鉄塔のシーン。《空全体が「秋だぞう！」とどなっているようなよく晴れた日に》三人で挑んだ火の見やぐら。丁寧な登攀描写のあとの少年の目と耳は地平に向かう。《海にもアリンコのような人々が動き回っている。少し斜めになっている太陽の光のなかで町全体のどこかし

らが少しずつ動いているのが面白かった》《いろんな音がかさなりあって、どれがどの音か区別することはできないが、潮の満ちてきている音だけは区別してわかるような気がした》。従兄弟の賢三君（けんぞう）はこう叫ぶ。《そ、空が走っているように見える》》。

何もないけれど、少年少女に自由があった時代。彼らは今を生きている。いい風が吹き、沖には未来がある。そんなあの日々の空気を本作はがっちり捕まえている。

五感を刺激してくる具体描写がたっぷりで、これが作家の腕力（おうわん）というやつだろう。

瞳に映る、海岸のクジラの肉、ニワトリの解体、次兄の嘔吐物（おうとぶつ）、山の火事……。鼓膜に残る、ニワトリの声、吠える（ほ）ジョン、カリコツのカリッコリッ、頭の電気ショック、バチン、病院のトランペット……。口に入るのは、初めての茶碗蒸し（ちゃわんむ）、ガザミの味噌汁（みそしる）、脱脂粉乳、ネコめしおにぎり……。鼻腔（びこう）には、弁当のカレー、畑の人糞（じんぷん）、海の匂い……。

手が感じるのは、叔父との大工仕事、温かなタマゴ、自転車ヒコーキ……。

椎名はインタビューでこう語っている。

《書いていると自然と映像が出てくる。（中略）古い写真のようなものが頭の中に浮かんできて、それが動いていく。あの抽斗（ひきだし）を開けるとこんなものがあったとか、（中略）ふだんはまったく考えていないんだけれど、（中略）いろいろなことを思い出してくる》あるいは、《思った以上に懐かしく、やるせなく、

当然のことながら、ああ、自分は家族と共に、家族の元に生きて成長してきたのだなあ、そして今はもう自分を育ててくれた家族はほとんど跡形もなく消えてしまっているという当たり前のことに気がついた》（「椎名誠　旅する文学館／自著を語る」）

そう、まったくもってやるせない。私は実は本書のみならず、椎名の家族小説を読むといつもそんな気持ちにやられる。それは椎名が常に言う、家族の形はうつろいやすいということ、その無常を素直に受け入れる諦念の上に書かれているからだろう。家族というのは足し算と引き算の連続で、たとえば足し算といえば『三匹のかいじゅう』の孫たちがそれ。引き算といえば父の死、消えたジョン、叔父や賢三くんの引っ越し。

椎名の私小説は、つまり命の礼賛であると同時に、不在と喪失の連続物語なのである。

『岳物語』を明るいと私は書いたが、それは見た目に過ぎぬ。本当は父親の敗北の切ないお話。近づく子との別れの日を待つ小説なのだ。息子とのプロレスにやがて敗れるであろう父、旅立つ息子の背を見つめる姿がそこにある。幾多のバカエピソードに笑いつつ、同時に涙も浮かんでくる。おお、あらかじめ失われた家族たちよ。

遠ざかるのは息子だけではない。人はやがて去るのだ。生きるというのは別れること。椎名作品においては家族や親しい仲間が消えてゆく事実が実に多く書き留められている。きちんと追悼をし、死に対して動揺、やるせなさを隠さない作家。弟分のようなジョン

とのぬくもりの思い出と、別れの日の狼狽（ろうばい）、慟哭（どうこく）。一生消せない記憶が記される。

友人の言う、この地に似合う《ドロンとした海》は消えてしまった。世田谷の屋敷はなくなり、かけがえのない幕張の海は埋め立てられ、土地もまたそう。

『家族のあしあと』の主人公の喪失の最たるものは早くに亡くす父親だろう。父との時間は少なく、記憶に残るエピソードはわずかしかない。だから濃い。船橋（ふなばし）の市場食堂、二人きりで食事したときの父が繰り返した「蟹（かに）をたべなさい」なるセリフは、匂いとともに強烈に残る（正編）。少年が長く一緒に時間を過ごしたのは、つぐも叔父で、彼から多くを学んだ。それは『岳物語』で岳くんが父親より長く遊びの時間を過ごしたのが野田知佑（のだともすけ）小父（おじ）さんだったという（小説内の）事実と共鳴しているように思う。

『続　大きな約束』のあとがきにこんな文章がある。

《日常のアレコレを書いているうちに、いちばん大切なものは「命」なんだなあ、と思うようになりました。同時に「生きていく」ということは、いつだって、誰だって、いちばん大切なことは、生きていくこと──です》

著者の無常感を支える救いの言葉であり、ここに諦念を超えた強靭な覚悟、悟りが見てとれる。私小説が真実か作り物か、月かむじな月かは、まあどうでもいいことだ。

（さわだ・やすひこ　編集者／エッセイスト）

初出一覧

本書は二〇二〇年十月、集英社より刊行されました。

Ｓ 集英社文庫

続 家族のあしあと

2022年9月25日　第1刷　　　　　　　　　　定価はカバーに表示してあります。

著　者　椎名　誠

発行者　徳永　真

発行所　株式会社 集英社
　　　　東京都千代田区一ツ橋2-5-10　〒101-8050
　　　　電話　【編集部】03-3230-6095
　　　　　　　【読者係】03-3230-6080
　　　　　　　【販売部】03-3230-6393(書店専用)

印　刷　大日本印刷株式会社

製　本　大日本印刷株式会社

フォーマットデザイン　アリヤマデザインストア　　　マークデザイン　居山浩二

© Makoto Shiina 2022　Printed in Japan
ISBN978-4-08-744431-5 C0193